Jan Meiss

SCHWEIGEGELD
DAS OPFER BLUTET

Biografischer Roman

Impressum:
© 2016 Jan Meiss
Verlag: tredition GmbH, Grindelallee 188, 20144 Hamburg

Inhaltsverzeichnis

VORWORT

In diesem Roman "Schweigegeld. Das Opfer blutet" schildert der Autor Jan Meiss eine wahre Geschichte, wie er nicht nur in seiner Kindheit auf kriminelle Weise beeinträchtigt wurde! Das geht soweit, dass er die Folgen über den heutigen Tag hinaus spürt! Angefangen von der Tatsache, dass er auf sehr ungewöhnliche Weise zu seiner Sehbehinderung kam, über enorme Startschwierigkeiten beispielsweise im Bildungsbereich, bis hin zur unerwünschten Person, die mehrfach unter Freiheitsberaubung, Abschiebung und Zweckentfremdung von wichtigen Geldern zu leiden hatte, durchlebte der Autor in unserer Gesellschaft Benachteiligungen, die seinesgleichen suchen! Dieser Roman zeigt ganz deutlich auf, dass, wenn alle wichtigen Menschen, die sich in einem Umfeld eines Kindes bewegen, wegsehen, der Misserfolg für das Kind auf jeden Fall vorprogrammiert ist! So spielt unter anderem ein höchst ungewöhnlicher Schulwechsel für diesen Jungen eine sehr entscheidende Rolle, worin ganz viel Geld zu finden ist! Was bedeutet, dass außer dem Schweigegeld wesentlich mehr an Geldern in diesem Roman voller krimineller Aktionen geflossen waren, als man meinen möchte! Auf diese Weise bekommen die Worte Zweckentfremdung und Veruntreuung von Geldern eine ganz neue Dimension, in der sogar der Steuerzahler bis zum heutigen Tag mit eingebunden ist! Hier findet der Leser eines spannenden Romans mehr als ein halbes Dutzend an Straftaten! Die Gegenden, in denen dieser Roman spielt, heißen vorwiegend Unterfranken, Plattling, Würzburg, Aschaffenburg, Kahl und Heidingsfeld!

Ganz zum Schluss dieses Vorworts bedankt sich der Autor noch bei seiner lieben Partnerin, Frau Dr. Heidrun Klein, die für die Durchsicht des Manuskripts und für die Erstellung des Covers verantwortlich war, und wünscht seinen Lesern nun spannende Unterhaltung!

Der Autor Jan Meiss widmet diesen Roman seiner Partnerin und Lektorin Frau Dr. Heidrun Klein!

Es wird darauf hingewiesen, dass die Namen der in diesem Roman genannten Personen und Ortschaften geändert wurden und eine eventuelle Namensgleichheit auf reinem Zufall beruht.

8

1
Erst großgezogen, dann abgeschoben!

Dieser biografische Roman beginnt seinen kriminellen Zug in einem kleinen bayrischen Ort namens Plattling! Die Orte, in denen dieser Roman hauptsächlich spielt, heißen: Plattling, Würzburg, Gemünden und Aschaffenburg! Die handelnden Personen sind: ein Vater mit dem Namen Robert, dessen Tochter, der er den Namen Eleonore gab, eine Mutter namens Ilona, die für lange Zeit zu einer Großmutter für das in Familieninzucht gezeugte Kind wurde, und ein Stiefvater mit dem Namen Fritz, der unter der Herrschaft seiner Frau für das Stiefkind nur sehr wenig ausrichten konnte! Hinzukamen: Eine Klinik, in der das Kind seiner Freiheit beraubt wurde, ein Schularzt, der einem sehr ungewöhnlichen Wunsch der Kindesmutter nachkam, Schulbehörden, Lehrkräfte und Erzieherinnen, die die Mutter ganz einfach willkürlich machen ließen, was sie wollte! Kurzum, Leute, die unter anderem damit ihr Geld verdienten, indem sie wegsahen! Zusätzlich folgten das Arbeitsamt/Jobcenter, welches im späteren Erwachsenenleben für den Autor des Romans nicht oder nur sehr bedingt zuständig sein wollte, wenn es um einen Arbeitsplatz ging, gute Freunde, seine Partnerin, die als Lektorin für diesen Roman unterstützend zuständig ist, sowie der Autor dieses Romans Jan Meiss! Da die hier von Jan genannten Eltern, bestehend aus Vater Robert, Tochter Eleonore und dem späteren Stiefvater Fritz, aber mit diesem Kind wenig bis überhaupt nichts zu tun haben wollten, wurde der Kindesvater zum Opa, und die Mutter übernahm zum Leidwesen Jans in späteren Zeiten eine so genannte Fürsorge für ihren ungewollten Sohn! Was kann eine Familieninzucht bedeuten? In sehr vielen Fällen kann dies für das Neugeborene bedeuten, dass es in seinem Leben mit einer Behinderung leben muss! So verbringt Jan sein Leben mit einer Sehbehinderung und einem Trauma, welches nicht nur aus der Zeit in der fränkischen Klinik, sondern auch aus der vorangegangenen Familieninzucht stammen dürfte! Zusätzliche Krankheiten können auftreten: Epilepsie, Schwerhörigkeit, Muskelschwund, genetisch bedingte Stoffwechselstörungen und eine niedrige Lebenserwartung, woraus eine Depression hervorgehen kann! Welche dieser Krankheiten bei Jan im Laufe seines Lebens außerhalb seiner Sehbehinderung noch zutrifft, erfahren Sie im weiteren Verlauf des Romans! Der Paragraf 173 Strafgesetzbuch stellt einvernehmlichen Beischlaf zwischen Verwandten unter Strafe! „Wer mit einem leiblichen Abkömmling den Beischlaf vollzieht, wird mit Freiheitsstrafe bis zu 3 Jahren oder mit Geldstrafe bestraft!" Hiervon ist die Mutter auf Grund ihres Alters (14) jedoch nach Paragraf 173 Absatz 3 ausgeschlossen! Was bedeutet, dass, wenn es zu einer Strafanzeige gekommen wäre, der Kindesvater unter Umständen für bis zu drei Jahren hätte ins Gefängnis gehen müssen! Daher dürfte es noch während der Schwangerschaft zu folgender Vereinbarung gekommen sein: Der Vater erklärte Eleonore und Ilona lautstark, dass sie mit keinem darüber zu reden hätten, wer denn der Vater von Jan sei, was für alle Zeiten gilt: „Ich bin der Opa und fertig aus!" Das traf schon wahrscheinlich deshalb zu, weil er sich auf dem Standesamt in als Opa ausgab, wie Jan erst drei Jahrzehnte später erfuhr! Über mögliche Androhungen an seine

Tochter und seine Ehefrau kann man hier in diesem Roman natürlich nur spekulieren! Auf diese Weise bekam die Rolle zwischen Ilona und Eleonore durch die Familieninzucht eine ganz neue Dimension gegenüber dem, was man sonst in unserer Gesellschaft zwischen Mutter und Tochter so kennt! Wie Eleonore später ihrem ungewollten Jan und seinen Geschwistern immer wieder erklärte, sollten sie es einmal besser haben, als sie es mit ihrer Mutter hatte! Wobei das mit dem Besserhaben für ihre nicht behinderten Kinder galt, aber auf gar keinen Fall für Sabrina und Jan, welche sie mehr oder weniger wahllos in ihrer Jugend in die Welt setzte! Da Sabrina ebenfalls schwer behindert ist (sehr schwere Anfälle, welche sie bis zum heutigen Tag immer wieder so in Depressionen stürzen, dass sie ihrer bisherigen Tätigkeit in einer Behindertenwerkstatt nicht mehr nachgehen kann), musste sie unter den schweren Schlägen der eigenen Mutter ganz besonders leiden! So, als sei das Leid, welches Sabrina schon seit ihrer Geburt mit ihrer Peinigerin hat mitmachen müssen, der sehr herrschsüchtigen Mutter nicht ausreichend gewesen! Ganz im Gegenteil: Wenn einmal die

Spielsachen von Sabrina nicht so aufgeräumt waren, wie es die Diktatorin verlangte, dann wurde die Tochter mehrfach mit Schlappen oder anderen Schuhen nicht nur sehr schwer geschlagen, sondern musste diese Schläge auch noch mitten in ihrem Gesicht über sich ergehen lassen! Hierbei schlug die eigene Mutter mehrfach so erbarmungslos zu, dass sowohl Sabrina als auch Jan es über den heutigen Tag hinaus nicht vergessen werden! Ihr Bruder musste diese schlimmen Handlungen der so genannten Mutter stets hilflos mit ansehen und wenn er sie darum bat, doch mit der Schläge von Sabrina abzulassen, so wurde er selbst mit den Worten von der gemeinsamen Diktatorin bedroht: "Und wenn du nicht still bist, kriegst du sie gleich noch mit!" Da sich dieses kriminelle Verhalten seitens der Kindesmutter immer mit derselben Brutalität abspielte, wenn die unerwünschte Tochter mal wieder nicht so spurte, musste sie diese Qualen immer wieder mal über sich ergehen lassen! Das kriminelle Theaterstück zog die Täterin auch dann durch, obwohl sie sehr genau wusste, dass der Schwerpunkt der Behinderung der ungewollten Sabrina eindeutig im Kopfbereich liegt!

Schon deshalb liegt hier nicht allein der Tatbestand einer Körperverletzung gemäß Paragraf 223 Strafgesetzbuch (StGB) vor, sondern sogar der einer gefährlichen Körperverletzung gemäß Paragraf 224 StGB, wo es heißt:

„ (1) Wer die Körperverletzung [...]5. mittels einer das Leben gefährdenden Behandlung begeht, wird mit Freiheitsstrafe von sechs Monaten bis zu zehn Jahren, in minder schweren Fällen mit Freiheitsstrafe von drei Monaten bis zu fünf Jahren bestraft. (2) Der Versuch ist strafbar." Aufgrund der schweren Behinderung des Mädchens lag hier eindeutig eine Steigerung gegenüber einer Körperverletzung gemäß § 223 vor, die auf jeden Fall an Sabrina begangen wurde! Hierbei erkannte Eleonore vor lauter Wut, die sie sehr wahrscheinlich über sich selbst hatte, wenn es um ihre ungewollten Kinder ging, noch nicht einmal, dass Sabrina mit dem Satz: „Du kümmerst dich doch eh nicht um mich" aber so etwas von richtig lag, dass es darüber keinerlei Zweifel gab! Dieses Mädchen musste nach kurzer Zeit in einem Kinderheim doch tatsächlich heilfroh sein, dass sie eine Pflegemutter fand, wo sie von nun an hat leben dürfen! Es war die Mutter des späteren Stiefvaters Fritz, von dem der Autor im weiteren Verlauf dieses Romans noch berichten wird!

Zurück zur Kindheit von Jan. Unter diesen unsozialen Umständen entwickelten sich für Jan und seine weitere Zukunft mehrere sehr unwürdige Szenen, welche für ihn sehr üble Folgen haben sollten! Der Streit, welcher sich über Jahrzehnte zwischen Mutter Ilona und Tochter Eleonore hinweg zog, war doch wohl aus Sicht von Ilona ganz normal! Welche Mutter würde es schon stillschweigend dulden, dass ihre Tochter mit ihrem Mann nicht nur schläft, sondern auch noch gleich ein bis möglicherweise zwei Kinder (Jan und Sabrina) in die Welt setzt, wovon sie immerhin eines zur Folge dann auch noch großziehen durfte! Aber nicht nur das, sondern hierfür erhielt Ilona von der leiblichen Mutter/eigenen Tochter gerade einmal 20 DM in der Woche für Mutter und Sohn! Da die Geburt des hier genannten Opfers 1963 stattfand, war dieser Geldbetrag für eine Woche ganz normal, noch zumal sie gerade einmal 15 Jahre alt war und als Schneiderin ihre Lehre machte. Hinzukam, dass zu dieser Zeit beispielsweise die Lebensmittel wesentlich günstiger waren, als wir uns das heute vorstellen können. Trotz der wirklich kriminellen Umstände sollte es Jan bei seiner Großmutter und seinen Halbgeschwistern wirklich gut ergehen! Hierbei kann man mit Fug und Recht sagen, dass es wohl eine der ganz wenigen sozialen Zeiten in Jans Kindheit war! Hier wurde er trotz seiner Augenbehinderung genau wie seine nicht behinderten Halbgeschwister Stück für Stück auf sehr soziale Weise ans Leben herangeführt! Jan durfte noch Kind sein und musste sich nicht wie später bei Eleonore ständig drinnen in der Wohnung aufhalten! Leider sollte diese wirklich schöne und lehrreiche Zeit für Jan nur fünf Jahre dauern! Hier erlernte er noch Werte, die nicht nur später im Umgang mit unserer Gesellschaft für Jan von größter Wichtigkeit sind!

Gemeinsames Kind wird vom Vater zur Tochter abgeschoben!
Da Eleonore mit Tobias in der Zwischenzeit mal wieder schwanger war, heiratete sie Fritz in Würzburg am Main! Wie Fritz Jan immer wieder erklärte, hat sie dabei sogar den

Wunsch geäußert, Jan unbedingt mit in die Ehe hineinnehmen zu wollen! Dass aber genau das ihr ungewolltes Kind nicht wollte, interessierte sie überhaupt nicht! Ganz im Gegenteil, sie träumte doch tatsächlich davon, dass sie von nun an ihren Jan erziehen könnte und bestand demzufolge darauf, ihn nach Würzburg zu holen! So jedenfalls erfuhr es Jan von seiner Großmutter. Als dies der Erzeuger hörte, beschloss er in einer Nacht- und Nebelaktion, seinen eigenen Sohn vor der Haustür seiner Tochter, mit der er dieses Kind gezeugt hat, wie einen Hund abzustellen! Seine Begründung hierfür war: "Der frisst mir sonst noch die Haare vom Kopf!" Dies war ein Satz, den Jan sich auch in späteren Zeiten bei Eleonore hat immer wieder anhören müssen! An jenem Tag, als der ungeliebte Sohn von seinem eigenen Vater ganz billig abgeschoben wurde, ließ Ilona ihren Mann wissen: „Wenn der Jan mal erfährt, was mit ihm hier gespielt wird, dann ist aber was los!" Hierauf forderte Robert sie auf, still zu sein! Dass er seinen Jan, wofür er lediglich die Oparolle übernehmen wollte, ganz einfach vor der Haustür der Mutter absetzte und auch dann wieder nach Hause fuhr, obwohl seine Tochter gar nicht anwesend war, störte ihn nicht! Er fuhr ganz einfach mit Ilona wieder nach Plattling zurück! Da die Mutter trotz mehrfacher Ankündigung ihren Sohn nicht nach Würzburg holte, meinte Vater Robert, das gemeinsam gezeugte Kind auf diese Weise seiner Tochter überlassen zu müssen! Weil sie nicht anwesend war, wartete Jan dreieinhalb Stunden in der für ihn neuen Großstadt mit fünf Jahren ganz alleine mit einer Sehbehinderung vor der Haustür! Was der Kindesvater mit Jan hier machte, nennt man im deutschen Gesetz nach Paragraf 1631 BGB Verletzung der elterlichen Aufsichtspflicht! Die Aufsichtspflicht verfolgt grundsätzlich zwei Ziele: Minderjährige sollen vor Schäden bewahrt werden, die sie sich selbst oder die ihnen Dritte zufügen können. Andersherum sollen aber auch Dritte vor Schäden, die ihnen durch die "Gefahrenquelle Kind" drohen können, geschützt werden. Eine Verletzung der Aufsichtspflicht kann sowohl strafrechtlich wie zivilrechtlich weit reichende Konsequenzen nach sich ziehen. Da die Eltern des gemeinsam gezeugten Kindes mehr als sieben Monate keinen offensichtlichen Kontakt hatten, wäre es im Falle einer möglichen Kindesentführung Jan nicht möglich gewesen, Hilfe zu bekommen! Mit seiner unväterlichen Entscheidung machte sich Robert zusätzlich nach Paragraf 221 StGB strafbar! Dort heißt es in Absatz 1: „Wer einen Menschen 1. in eine hilflose Lage versetzt oder 2. in einer hilflosen Lage im Stich lässt, obwohl er ihn in seiner Obhut hat oder ihm sonst beizustehen verpflichtet ist, und ihn dadurch der Gefahr des Todes oder einer schweren Gesundheitsschädigung aussetzt, wird mit Freiheitsstrafe von drei Monaten bis zu fünf Jahren bestraft." Nun stand Jan von jetzt auf gleich ohne jede Aufsichtsperson verängstigt wie angewurzelt herum und musste plötzlich miterleben, wie in der meisten Zeit der dreieinhalb Stunden kaum ein Mensch weit und breit zu sehen war! Beinahe mit jeder Stunde, die Jan elternverlassen hat herumstehen müssen, wuchs seine Angst! Noch schlimmer wurde dies, als er nach etwa zwei Stunden von fremden Passanten angesprochen wurde! Schließlich konnte er ja nicht wissen, was diese Leute mit ihm tatsächlich vorhatten! Obwohl der Kindesvater/Opa genau wusste, dass es Jan von der Sehbehinderung her gar nicht möglich war, Menschen zu unterscheiden, mit wem er mitgehen kann und mit wem nicht, sagte er ihm unverschämter Weise: Dass er hier auf seine Mutter oder den Stiefvater warten soll und mit keinem anderen mitgehen darf! Alles, was sich Jan daraufhin immer wieder fragte, war, wer hier unter den Fußgängern seine Eltern sein sollen? Zwar kannte er beide vom hier und da mal sehen, war aber durch das unsoziale Verhalten seines Vaters sehr verunsichert! Sodass er wirklich nicht wusste, mit wem er mitgehen soll! Alles, was er außer den vorbeifahrenden Autos auf der Zirkusallee hörte, war ab und zu eine Unterhaltung, die am gegenüberliegenden Kiosk in der Theaterstraße stattfand! Soweit Jan sich noch erinnern kann, sagte er den Menschen, die ihn ansprachen, dass er hier auf seine Mutter wartet! Als Jans Stiefvater Fritz nach Hause kam, sprach er ganz verwundert seinen Stiefsohn mit den Worten fragend an: "Jan, was machst du denn hier?" Dank dieser Anfrage blieb Jan erspart, möglicherweise mit jemandem mitzugehen, den er nicht gekannt hätte! Für diese wirklich gute Tat ist Jan seinem Stiefvater heute noch sehr dankbar! Aus Sicht von Jan war nun erst einmal am 27. April 1968 das Allerschlimmste überstanden! Jedoch konnte Jan zu dieser Zeit noch nicht wissen, was ihn in diesem Haus in den kommenden drei Jahren erwarten würde! Als Fritz und Jan in einer wirklich sehr kleinen Wohnung ankamen, machte der Fritz erst einmal das Radio an, da die Fußballbundesliga gerade mit der zweiten Halbzeit begann! Fritz bot Jan etwas zu trinken an und meinte, dass seine Mutter gleich nach Hause kommen würde, was dann aber erst nach zwei Stunden der Fall war! Eleonore stellte fragend fest: "Wie kommt der denn hierher?" Nachdem sie von Fritz erfuhr, dass der Opa Jan vor der Haustür abgestellt hatte, war sie wohl etwas verwundert! Als Jan freudestrahlend ihr in die Arme sprang, zeigte sie herzlich wenig Begeisterung! Sie verdrängte lieber und ging zu ihren Hausarbeiten über! Dass Jan nur wenige Stunden zuvor enormes Glück hatte, störte sie nicht im Geringsten! Auf Grund der Tatsache, dass leider Eleonore von nun an für Jan als Erziehungsberechtigte zuständig war, sollte es Jan wesentlich schlechter ergehen, als das zuvor in Plattling der Fall war! Schließlich ließ sie ihn nicht selten wissen, dass er dort doch nur verwöhnt worden sei! Das stimmte aber so schon deshalb nicht, weil Jan gemessen an seinen Möglichkeiten genauso beim Abtrocknen und anderen Kleinigkeiten im Haushalt mithalf, wie alle anderen auch! Von nun an lebte Jan in emotional verwahrlosten Zuständen, welche ganz besonders durch die vorangegangenen Jugendsünden der eigenen Mutter und den gemeinsamen Vater Robert im Mittelpunkt standen! Schließlich erfuhren noch nicht einmal der Ehemann Fritz, Sabrina und Jan bis zum heutigen Tag von Eleonore, wer denn hier von welchem der beiden Kinder der Vater ist! Mit dieser Entscheidung, ihrem Mann und den Kindern ganz einfach die Wahrheit nicht zu sagen, verantwortete sie wahrscheinlich nicht nur aus Sicht von Jan eine Ehe, welche von Anfang an auf Lügen von ihr aufgebaut war! Bei all den ganzen Unwahrheiten hatte Eleonore auch noch das unverschämte Glück, dass sie in der Mutter des Stiefvaters Fritz eine Pflegeperson für Sabrina fand, die sich liebevoll und sehr ehrenhaft ihrer ungewollten Tochter annahm! Ihrem ungewollten Sohn Jan hingegen wurde durch mehrere Handlungsweisen seiner Mutter klargemacht, dass seine Existenz quasi unerwünscht und ohne jeden Wert ist, wenn es beispielsweise um einen ordentlichen Start in das Schulleben ging! Das Motto, welches sie nicht nur sagte, sondern zum Leidwesen Jans auch lebte, hieß vom heutigen Tag an: „Aus dem wird eh nix!" Was Jan an diesem Tag noch nicht wissen konnte, war, dass seine Mutter mit dieser Meinung ihm zur Begrüßung gleich mal den Misserfolg vorprogrammiert hat! Alles, was Jan hierfür noch tun musste, war, dass er auf Dauer nicht seine positiven Ziele durchsetzte, wofür er aus der Zeit in Plattling durchaus Voraussetzungen mitbrachte, die die Mutter hätte nur zu übernehmen brauchen, um sie weiterhin positiv umzusetzen! Stattdessen zog sie es wesentlich lieber vor, möglichst vorsätzlich auf gezielte Weise gegen ihren Sohn vorzugehen! Diese These wird schon dadurch unterstützt, dass Jan für lange Zeit überhaupt keine Bildung erfuhr und darüber hinaus auch noch froh sein musste, seinen Stiefvater und seine Geschwister im Laufe der Zeit kennengelernt zu haben! Schließlich sagte Eleonore zu Jan sehr viel später oft genug den Satz: „Wenn ich gewusst hätte, was ich heute weiß, dann wäre ich lieber mit dir alleine geblieben!" Was auf den allerersten Blick so ausschaute, als wollte sie bösartig über ihren Ehemann sprechen, bedeutete wohl in Wirklichkeit, noch mehr Macht über den Jan zu gewinnen! Schließlich drückte sie mit diesem Satz aus, was sie sehr wahrscheinlich als allein erziehende Mutter noch alles gegen den Willen Jans hätte erreichen können! Fritz erkannte immerhin die Freude, welche Jan beispielsweise beim Musikhören hatte, wozu später auch der Fußball und andere Themen wie die Politik gehörten! Im sonstigen Alltag stand für Jan leider die Gewalt im Mittelpunkt, welche er sich oftmals am Tag (vielfach alleine) über die Nachrichten und Reportagen aus aller Welt anhörte! So, als sei das noch nicht schlimm genug, sah er sich zusätzlich an vielen Abenden den Streitigkeiten seiner Aufsichtspersonen ausgeliefert!

An einem Donnerstag im Dezember 1968 durfte Jan über die Straße zu dem hier schon angesprochenen Kiosk gehen und Getränke und Zigaretten holen. Als er wieder nach Hause kam, traute er seinen Augen und Ohren nicht, wer da mittlerweile zu Besuch gekommen war! Es war derjenige, der sich als

Opa ausgab, aber in Wirklichkeit der Vater war, der seinen eigenen Sohn kaltblütig noch vor knapp sieben Monaten wie das Allerletzte aussetzte! Erst zögerte Jan, als ihn sein Opa begrüßte, aber Fritz vermittelte Jan, dass das doch toll sei, das sein Opa mal wieder da ist! Jan weiß es heute noch ganz genau, wie schleimig dieser Opa seinen angeblichen Enkel begrüßte! Wörtlich sagte Robert: "Ja Jan, wie geht es dir denn?" Das klang gerade so scheinheilig, als hätte er in der Würzburger Innenstadt einen uralten Freund getroffen, den er schon ewig nicht mehr gesehen hat! Der hatte ja noch nicht einmal ein schlechtes Gewissen mir gegenüber! Pfui, und so etwas ist auch noch mein Vater! Für so etwas kann ich mich als Sohn genau wie für die eigene Mutter doch nur schämen!

Als Jan dann sechs Jahre alt war, meldete sich das Schulamt schriftlich bei Eleonore. Stiefvater Fritz erklärte seiner Frau nach einem Streit im ziemlich heftigen Ton wörtlich: "Hier kümmere dich mal um deinen Sohn, der muss jetzt bald in die Schule!" Eleonore antwortete in ihrer für sie typischen Art mit den Worten: "Lass das mal meine Sache sein, der hat noch zwei Jahre Zeit!" Bereits mit diesem Satz wurde sehr klar, dass die Mutter von Jan sich ihrer Verantwortung ihm gegenüber überhaupt nicht bewusst war und sogar den Straftatbestand der Verletzung der Fürsorge- oder Erziehungspflicht gemäß Paragraf 171 StGB erfüllte, für den laut Gesetz eine Freiheitsstrafe bis zu drei Jahren oder eine Geldstrafe vorgesehen ist! Die Folgen hiervon verstand Eleonore gar nicht und hatte auch gar kein ernstzunehmendes Interesse am Weiterkommen ihres ungewollten Sohnes! Ganz im Gegenteil: Sie nötigte den dafür zuständigen Schularzt dazu, dass er etwas schreiben solle, was die Berechtigung für ein Zurückstellen von der Schule erlaubte! Dieser wiederum versuchte leider erfolglos Eleonore zu vermitteln, dass man wegen einer Sehbehinderung nicht so einfach ein Kind von der Schule zwei Jahre zurückstellen kann! Ganz besonders peinlich für ihre Art war es, dass sie doch tatsächlich die blanke Unverschämtheit besaß, die Behinderung ihres nicht gewollten Kindes für ihre Zwecke auch noch in den Mittelpunkt zu stellen! Schließlich konnte der Junge, der in die Schule hätte gehen wollen und auch können, nichts dafür, dass die eigene Mutter mit ihrem Vater Familieninzucht begangen hat, woraus letztendlich seine Sehbehinderung entstand! Dennoch folgte der Schularzt den unsozialen Wünschen der fragwürdigen Mutter und stellte ihr tatsächlich die von ihr gewünschte Bescheinigung aus! Auf diese Weise unterschrieb sie mit einer unglaublichen Dreistigkeit, sodass Jan noch vor seinem allerersten Schultag in seiner gesamten Existenz abqualifiziert wurde! Außerdem bluten für diese hirnrissige Entscheidung nicht nur der Steuerzahler und die Krankenkasse finanziell, sondern auch der Autor mit seiner Seele! Eleonore unterschrieb dieses Schriftstück so, als sei dies die selbstverständlichste Sache der Welt! Interessant hierbei ist, dass sie an diesem Morgen ausgerechnet mal nicht arbeiten musste, was sie von nun an stets Jan gegenüber vorschob, wenn es um seine Schulziele oder andere wichtige Angelegenheiten ging! Auf diese Weise verlor Jan nicht nur seinen regulären Schulstart, sondern sie buchte mit dieser ominösen Bescheinigung auch gleich das ewige Schulleben in zwei Sonderschulen und enorme Berufsprobleme bis zum heutigen Tage für den künftigen

27

Schüler mit! Die schwerwiegenden Folgen, wofür gerade seine eigene Mutter sorgte, waren natürlich für Jan an diesem Tag noch lange nicht absehbar! Fortsetzung des üblen Theaterstücks mit sehr schwerwiegenden Auswirkungen folgt!

Nur wenige Monate zuvor musste Jan in eine fränkischen Augenklinik, wo er schon einmal wegen einer Augen-Operation war. Da hierfür sogar der Vater des Kindes als Opa seine Unterschrift gab, weil dessen Tochter mit 20 damals (Januar 1969) noch nicht unterschriftsberechtigt war, übernahm der Erzeuger von Jan die Rolle für Mutter und Kind! Da die erste Operation von 1967 aber nicht nach dem Willen des Vaters so ausgegangen ist, wie er es sich vorstellte, trat er dem behandelnden Professor gegenüber so aggressiv auf, dass sein ungewolltes Kind unter den sehr schwerwiegenden Folgen der Beleidigungen seines Vaters hat leiden müssen! Wie Jan erst im August 1986 vom angeblichen Opa erfuhr, hatte der Herr Papa den Professor dafür beschimpft, dass er ihm zusagte, beide Augen normal operieren zu können, und bekam noch nicht einmal ein Auge vernünftig auf die Reihe! So jemand wurde wesentlich später auch noch mit dem Posten eines Geschäftsführenden Direktors belohnt! Der Operateur und sein Personal gingen daraufhin mit dem kleinen Jan ziemlich rüde um und banden ihn von Zeit zu Zeit immer wieder mal in seinem Bett bei vollem Bewusstsein fest! Dies war ein Ereignis, was Jan wohl nie wieder in seinem Leben vergessen wird, da es sich hierbei um ein sehr schwieriges Krankenhaustrauma handelt! Wie Jan erst sehr viel später in seinem Erwachsenenleben mehrfach von Augenärzten wörtlich erfuhr, hat man in der fränkischen Klinik so in seinen Augen herumgepfuscht, dass er heilfroh sein kann, noch einen sehr kleinen Sehrest zu haben!

Da Jan längst in sehr fragwürdigen Verhältnissen wohl oder übel leben musste, durfte er also nicht wie alle anderen Schulkinder seines Alters in die Schule gehen, sondern musste sich dem illegalen Diktat seiner Mutter für zwei Jahre beugen! Stattdessen sorgten die sogenannten Eltern dafür, dass man sehr oft bei der Mutter von Fritz in Kahl war! Hier mussten Jan und seine Geschwister in einem Zimmer das Essen unter sehr menschenunwürdigen Bedingungen einnehmen, da es dort eine ältere Dame gab, die unter Inkontinenz litt. Das hatte zur Folge, dass das gemeinsame Essen unter sehr starkem Uringeruch stattfand! Für Eleonore und Fritz war es eine Selbstverständlichkeit, dass ihre Töchter und Söhne dort haben ihre Speisen einnehmen müssen, was ganz besonders in dem einen oder anderen heißen Sommer so richtig ekelhaft war! Da dies sehr oft vorkam, brauchten Jan und seine beiden Schwestern Sabrina und Maria sich später unter anderem wegen dieser ständigen Vorfälle nicht über psychische Krankheiten zu wundern! Fortsetzung folgt! Da diese Eltern sich in der Regel nur um das kümmerten, woran sie aus ihrer Sicht wirkliches Interesse hatten, waren diese unsozialen Zustände für beide wohl ganz normal! Diese Handlungsweise passte zu ihnen, da sich ihr Verhalten auch in der Zukunft durch mögliche Einsichten nicht wirklich änderte! Ganz im Gegenteil: Besonders die Mutter ihres ungewollten Sohnes machte lediglich das, was wirklich notwendig war, damit ihr die Behörden nichts konnten! Will sagen: Verhungern ließ sie Jan nicht gerade, allerdings sorgte sie auch nicht wirklich dafür, dass er Wunder wie gut ernährt war! Da Jan an Bildung bei dieser Mutter gar nicht zu denken brauchte, nahm er all das mit, was er irgendwo von den Erwachsenen hörte und baute sich seine eigene Welt der Bildung auf! Natürlich konnte seine Ersatzwelt die wirkliche Bildung in dieser Zeit nicht ersetzen. Was wollte man auch von diesem Jungen bei diesen unsozialen Verhältnissen erwarten, wenn quasi die Unterhaltung mit seiner Mutter durch Blasmusik am Samstagabend oder das Radio im Alltag ersetzt werden musste? Noch schlimmer hierbei war, dass Jan von Zeit zu Zeit mit seinen Eltern bei Verwandten schlief, wo es auch nicht gerade sozial zugegangen war! Hierbei bekam Jan nicht selten mit, wie die dortige Nachbarin ganz übel von ihrem Mann verdroschen wurde, so dass sie grün und blau aussah! Oder er entdeckte gemeinsam mit zwei Töchtern, wie deren Mutter sich kurz zuvor die Pulsadern aufschnitt und nur durch sehr großes Glück von den eigenen Töchtern gerade noch gerettet wurde! Noch schlimmer hierbei war, dass sich diese Szene mehrfach abspielte, bei der Jan Zeuge war! Damit erweiterten sich für den Autor unfreiwillige Bilder, die noch schlimmer ausfielen, als er es von zu Hause schon gewohnt war! Ein sogenanntes Elternhaus, in das er gerade unfreiwillig hineingeraten war, setzte ihn seelisch beinahe täglich diesen Widrigkeiten aus! Schließlich schlugen sich nicht zuletzt wegen der hier schon angesprochenen Lügen von Eleonore auch sie und ihr Mann, sodass es der Jan ständig mit der Angst zu tun bekam!

2
Einschulung mit 8,5 Jahren!

Wenn Jan es nicht wüsste, er würde es selbst nicht glauben, dass er erst im Alter von **8,5 Jahren** hat zur Schule gehen dürfen! Hierbei nahm die Mutter ganz einfach billigend in Kauf, dass ihr ungewollter Jan von Anfang an eine Schullaufbahn hinlegen musste, wie es sie in Deutschland wohl ein zweites Mal in exakter Form kaum geben dürfte! Dass es hierbei um ein Kind ging, welches nicht nur **2 Schuljahre** verlor, sondern auch vom ersten Schultag an ohne jede realistische Chance auf einen Schulabschluss war, das interessierte seine Mutter nicht im Geringsten! Was demzufolge auch für eine ordentliche Berufsausbildung galt! **Ohne Bildung keine Abschlüsse!** Was mit diesem unglaublichen Schulstart verbunden ist, ist die Tatsache, dass sich die eigene Mutter gleichzeitig an der kompletten Existenz Jans schuldig gemacht hat durch ständige Unterlassung von mütterlichen Hilfeleistungen, die normalerweise einem Kind vor allem in diesem Alter zustehen! Auf diese Weise beraubte sie ihr **Problem, in sozialen Kreisen auch Kind genannt,** seiner Möglichkeiten, sich vernünftig von Anfang an auf den Schulalltag so zu konzentrieren, dass Jan auch eine geregelte Schullaufbahn hätte hinlegen können! Allerdings wäre eine solche Möglichkeit, wie sie gottlob in unserer Gesellschaft an Vernunft zumindest überwiegend vorhanden ist, auch nur bei sozial denkenden, als auch handelnden Vätern und Müttern möglich gewesen! Wie dieser Roman noch ganz klar aufzeigen wird, hatte diese Art von Mutter sehr wahrscheinlich schon deshalb kein Interesse an einem sozialen Weiterkommen Jans, weil bei einem geregelten Schulstart es hätte sein können, dass der bei ihr unbeliebte Sohn doch tatsächlich wesentlich weitergekommen wäre, als es ihr je zuvor gelungen war! Sehr wahrscheinlich ist, dass ihr ein solches Fortkommen Jans vor lauter Desinteresse und Faulheit nicht in den Sinn kam! Hierbei war dem Jan so viel Bildung verloren gegangen, dass diese bereits schon nicht mehr aufgeholt werden konnte! Doch nicht nur das, sondern Eleonore schämte sich ganz offensichtlich für ihren behinderten Bub so sehr, dass sie bei seiner Einschulung noch nicht einmal persönlich anwesend war! Will sagen: Sie ließ doch tatsächlich

34

nicht nur vor Scham, sondern auch vor lauter Missachtung und Bequemlichkeit ihrem Problem gegenüber dieses mit einem Schulbusfahrer alleine in die Schule fahren! Wichtig zu wissen ist, dass sowohl sie, als auch Jan nie zuvor diesen Mann gesehen hatten! Auf diese Weise zwang sie ihren Bub, sich vor Rektor und Lehrerin mit dem Schulbusfahrer alleine vorzustellen! Einerseits ist dies leider keine Straftat, anderseits musste der völlig unerfahrene Schuljunge von nun an ganz besonders ab dem heutigen Tag für elf Schuljahre in zwei verschiedenen Sonderschulen Frankens sehen, wie er ohne jede dauerhafte Unterstützung klarkam!

Seine erste Schule war eine Sehbehindertenschule, in der er am 10. November 1971 mit einer grünen Schultüte seinen Schulalltag hat beginnen dürfen! Vermutlich dürfte es nicht allzu viele Mütter in Deutschland geben, die ihren Sohn so vor seinem künftigen Rektor, Lehrkräften und Mitschülern vorgeführt haben, wie dies Eleonore auf perfekte Art und Weise hier gelungen war! Von Anfang an machte die Lehrerin ihrem Schützling zwar höflich, aber doch sehr bestimmt klar, dass sie jetzt nicht zwei Schuljahre aufholen könnte! Genau mit diesem Satz war, ohne, dass es Jan je geahnt hätte klar, auf welch steinigen Weg er sich von heute an begab! Es war ein Weg, dessen Ziele zuvor nie mit einer Lehrkraft besprochen wurden, und dessen erwartetes Ende vorhersehbar war! Eltern, die ein Kind so dermaßen im Stich lassen, haben hinterher erst recht kein Anrecht darauf, ihr Kind eventuell als zu faul oder gar Versager zu beschimpfen! Endlich durfte Jan Schüler sein, weil die Mutter sich nun nicht mehr so einfach wie bisher herausreden konnte! Da die damaligen tief schlafenden fränkischen Schulbehörden endlich kapierten, dass ein Mensch mit einer Sehbehinderung auch in die Schule gehen kann, ließen sie die Kindesmutter doch tatsächlich mehr als einen Monat später dieses auch wissen! Nicht nur die Kindesmutter, sondern auch jener Personenkreis (Schularzt und fränkische Behörden) trug zu diesem gefälschten Fehlstart Jans ganz ordentlich bei und verdiente in der Zeit zwischen 1969 und 1971 mit illegalen Mitteln auch noch sein Geld! Auf diese Weise unterstützten sie alle damit eine Mutter, die für ihren Sohn nie hat wirklich Mutter sein wollen! Auch diese Leute sollten sich genau wie so manche Verwandte, die vor allem in Kahl damals im selben Zeitraum dieses unwürdige Theaterstück seitens von Eleonore sehr genau mitbekamen, aber überhaupt nichts für Jan unternahmen, in Grund und Boden schämen! Pfui, dass Ihr mich alle so im Stich gelassen habt! Somit begann der nicht ganz so normale Wahnsinn für den neuen Schuljungen! Mit dem Ballast, "eventuell geistesbehindert" zu sein, wofür seine eigene Mutter in einer der Theaterstraße nahegelegenen Schule unterschrieb, und es nie eine ärztliche Untersuchung gab, musste das Kind auch noch zu seinem Leidwesen in eine Sonderschule für sehbehinderte Menschen gehen! Das tat übrigens seine so genannte Mutter auch, allerdings um im Geheimen als Putzhilfe dort Geld zu verdienen und nicht etwa sich auch noch für den eigenen Sohn bei der Lehrerin oder dem Elternabend einsetzen zu müssen! Hierbei schmiedete sie gegen ihren ungewollten Jan schon einen weiteren unfassbaren Plan! Da sie als Mutter in fast drei Jahren Schulzeit ihres

Sohnes mit all seinen wichtigen Angelegenheiten überhaupt nichts zu tun haben wollte,
träumte sie doch tatsächlich davon, erkannt zu
haben, dass dieser in der aktuellen Schule eh
nicht weiterkommt! Fortsetzung folgt!

Als Jan sich die Jacke anzog, floss Schwei-
gegeld!

In der Zwischenzeit fuhren die Eltern, seine
Geschwister und Jan so etwa fünfmal im Jahr
in seine wahre Heimat Plattling, wo Jan von
nun an beim jeweiligen Abschied eine ganz
besondere Beobachtung hat machen können!
Es war im kleinen Durchgang, der zwischen
einem Zimmer und der Essdiele lag. Hier gab
es auch die Garderobe, auf der die Jacken und
Mäntel hingen. Als Jan so dabei war, seine Ja-
cke gerade anzuziehen, hörte er, wie der eigene Vater, welcher sich ja dem Kind gegenüber fälschlicherweise als Opa ausgab, zur
Kindesmutter sagte: "Hier hast du 100 DM für
den Jan!" Das Kind selbst erhielt in diesem üblen Schauspielstück genau 1,00 DM von seinem angeblichen Opa! Da sich diese Szene pro
Jahr etwa vier- bis fünfmal abspielte, kam das
Kind erst als Erwachsener darauf, dass das

wohl das Schweigegeld war, damit der Erzeuger nicht auch noch in ein Gefängnis musste! Mit der Annahme des Schweigegeldes untermauerte die eigene Mutter, worauf es ihr wirklich ankam, wenn es um Jan ging! Es war das Geld und nichts anderes! Weil ihr das Kindergeld und Schweigegeld, welches sie für ihren Sohn bekam, wohl immer noch nicht reichten, veranlasste sie ohne jede Not für ihren Sohn einen Schulwechsel der besonderen Art! Da es für Menschen mit einer Sehbehinderung oder Blindheit ein Blindengeld gibt, welches beispielsweise dazu da ist, um Hilfsmittel zu finanzieren, die man sich nicht so einfach kaufen kann, da sie oft besonders teuer sind, ist dieses Geld für diesen Personenkreis von enormer Wichtigkeit und wird von daher völlig zu Recht an die betroffenen Leute ausbezahlt! Da allerdings Eleonore auf gar keinen Fall daran dachte, ihrem Kind damit eine vernünftige Schulbildung zu ermöglichen, missbrauchte sie es lieber für sich und Fritz! Nachdem sie ihren Sohn schon als "eventuell geistesbehindert" hat erklären lassen, was er nie war und ist, holte sie nun zum nächsten Schlag gegen seine Existenz aus! Diese Mutter war sich doch tatsächlich für Geld nicht zu schade, ihr Kind ganz einfach in ein Internat nach Aschaffenburg abzuschieben, das heißt: monatliches Blindengeld ja, Problemkind nein! Jan konnte von nun an ohne Eltern in einer für ihn völlig fremden Stadt sehen, wie er alleine zurechtkam!

3

Jan kommt aus der Schule, Mama jubelt über neue Geldeinnahme!

Jan, der mittlerweile elf Jahre alt war, fand sich nun abgeschoben von der eigenen Mutter unter den blinden und sehbehinderten Kindern in einer Blindenschule in Aschaffenburg wieder! Von nun an durfte er nur noch zum Wochenende nach Hause und sollte mit diesen unwürdigen Voraussetzungen, welche die Mutter vorsätzlich geschaffen hatte, klarkommen! Doch nicht nur das, von nun an hieß es für Jan, sich nicht nur in einer neuen Blindenschule zurechtzufinden, sondern auch in einem Internat! Zusätzlich kam hinzu, dass dieser Bub auch noch die Blindenschrift erst einmal völlig neu erlernen musste und dabei, abgesehen von einem damaligen Klassenlehrer, keine ernstzunehmende Unterstützung erfuhr! Die Situation verschärfte sich dadurch, dass sich dieses Kind nun in einer Klasse für geistig behinderte Menschen wiederfand und dort auch nicht so schnell hat herauskommen können! Erst nach einem halben Jahr gelang es ihm, dank einer neuen Praktikantin auf einer Erholungsfahrt an die Nordsee einen Wechsel in eine andere

Klasse vorzubereiten, der am Ende dann auch tatsächlich stattfand! Praktisch im gleichen Zeitraum musste Jan erfahren, was es heißt, wenn man von der Erzieherin, Frau Neu, und vielen anderen Jungs auf der Gruppe in einem Internat nicht oder nur sehr bedingt anerkannt wird! Als besonders erschwerend kam hinzu, dass für mehr als zwei Jahre eine Frau Neu die Jungs, die ihr wichtig waren, gegen diejenigen, die ihr nicht so wichtig waren, gegeneinander gezielt ausgespielt hat! Daher hat ein vernünftiger Frieden nie oder nur sehr selten aufkommen können! So musste Jan, um den es hier in diesem Buch geht, sich beispielsweise von der besagten Frau Neu praktisch für jede Kleinigkeit anschreien lassen, wohingegen andere Buben bestenfalls mal ein paar nette Worte gesagt bekamen! Daher war es aus Sicht der Erzieherin auch ganz normal, sich bei den anstehenden Weihnachtsferien desselben Jahres gleich bei der Mutter von Jan über sein Benehmen zu beschweren! Was beide nie haben sehen wollen, ist die Tatsache, dass sie genau wussten, wie sie in ihrer gemeinsam nicht abgesprochenen Verantwortungslosigkeit mit einem elfjährigen Schüler hier gerade umgegangen waren!

Zusammengefasst hieß das für Jan, dass die eine mindestens genauso verantwortungslos gehandelt hat, wie die andere! Sowohl zu dieser Zeit als auch in späteren Jahren wusste Jan nie, warum und weshalb er in einer Sonderklasse gelandet ist! Schließlich erfuhr der Autor dieses Romans erst 2010 aus seinen Schulakten, welche Folgen die ominöse Unterschrift seiner eigenen Mutter tatsächlich hatte! Erst jetzt wurde Jan klar, dass seine sogenannte Mutter mit dieser Unterschrift ihm gegenüber Urkundenfälschung gemäß Paragraf 267 StGB begangen hat! Hierfür gab es genau wie für die kriminelle Bescheinigung, welche Eleonore hat gegen Jan ausstellen lassen, keine Untersuchung, so wie auch beim Schulantritt in Aschaffenburg keine Frage über das warum und weshalb gestellt wurde! Verantwortungslos handelten beide Schulen nach dem Motto, das ist so bescheinigt und fertig! Will sagen, dass ganz besonders die Blindenschule danach handelte: "Er ist nach der Bescheinigung "eventuell geistesbehindert", also gehört er ganz einfach in eine Klasse, die für solche Leute vorgesehen ist!" Äußerst peinlich sowohl für die Mutter, als auch für die handelnden Personen dieser Schule ist, dass beide Seiten von Anfang an keinerlei Interesse hatten, sich über die Ziele gemeinsam mit dem neuen Schüler auszutauschen! Die verantwortungslose Mutter von Jan hielt nach dem Angebot von Frau Neu, doch mal mit einem Klassenlehrer reden zu können, lediglich den Kopf in die Klasse, wo ihr Sohn künftig hat reingehen müssen, mehr interessierte sie nicht! Schließlich begann sie bei solch schwierigen Themen, die ihr Problemkind angingen, damit, ihre Arbeit in Würzburg vorzuschieben! Da dieses Kind auch ein Jahr später zur Weihnachtszeit noch immer nicht wusste, wer denn überhaupt sein Vater sei, musste die Mutter hierzu bei Frau Neu, die pädagogisch nicht nur mit Jan, sondern auch mit anderen Kindern mitunter völlig überfordert war, Rede und Antwort stehen! Es verstand sich von selbst, dass außer viel Geheule von Eleonore nichts gekommen war, was die gesamte Situation für alle Beteiligten außer Vater Robert, dem angeblichen Opa, erleichtert hätte! Alles, was für Jan vor der Tür zu hören war, war vor allem lautes Geschrei, welches im Wesentlichen von Frau Neu ausging! Dass sich hierfür, wer denn der wirkliche Vater von Jan ist, die eigene Mutter noch nicht einmal interessierte, zeigte ganz klar, woran ihr Sohn mit ihr war! Etwa anderthalb Jahre später wurde dann Jan von seiner Peinigerin (Frau Neu) erlöst, indem er endlich die Internatsgruppe hat wechseln dürfen!

Straßenbahnfahrt mit sehr schweren Folgen!
Es war an einem Augusttag, als Eleonore, Maria, Tobias und Jan von Würzburg nach Kahl fuhren. Bei der Einfahrt in die Schulstraße sah Eleonore, dass der Anschlussbus bereits am Einfahren war! Kaum dass die Straßenbahntür offen war, rannte die Mutter mit den Geschwistern von Jan so schnell los, dass er trotz schnellen Laufens keine Chance hatte, den Bus normal zu erreichen. Jan rutschte mitten auf dem Sandboden der Bushaltestelle so schwer aus, dass er direkt aufs Gesicht fiel und dabei in der Mitte des oberen Kiefers zwei Zähne verlor! Als Jan im Bus ziemlich aufgeregt feststellte, dass er diese Zähne verloren hatte, fragte er seine Mutter nur, warum sie denn so schnell hat laufen müssen? Ihre Antwort darauf war: „Na und, stell dich nicht so an, da

gehen wir halt zum Zahnarzt!'" Mit dieser Antwort untermauerte sie gerade wieder einmal, wie unwichtig ihr Sohn für sie in Wirklichkeit war! Das vorläufige Ende vom Lied für Jan war, dass nach einer unnützen vierwöchigen Schulpause gleich vier Zähne haben gezogen werden müssen und das alles, weil man nach diesem vermeidbaren Unfall die alten Zähne hat nicht mehr erhalten können! Vorläufig ganz einfach deshalb, weil drei Jahrzehnte später der dafür vorgesehene Zahnersatz kaputt ging und sieben Jahre lang kein Geld für einen neuen Zahnersatz da war!

Trotz der Bitte ihres Sohnes, mit ihm nach Aschaffenburg zu fahren, um die Bildungssituation für die kommenden Wochen abzuklären, lehnte Eleonore dies mit dem Kommentar ab, dass sie arbeiten müsse und für so etwas jetzt nicht auch noch Zeit hätte! "Na klar Mama, für so etwas wie Bildung da hat man nicht wirklich Zeit!" Wobei das aber auch nur dann gilt, wenn man Eleonore heißt! Schließlich kann ich mich, abgesehen von dir, an keinen vernünftigen Menschen erinnern, der mir danach in Sachen Bildung eine derart unglaubliche Antwort gegeben hätte! Aber bei deinem

Spruch war es ja auch nicht um die Person gegangen, die ganz selbstverständlich in der
Metzgerei beim HL arbeitete und darüber hinaus sich ihrer Rente quasi sicher sein konnte,
sondern "nur" um den "eventuell geistesbehin-
derten" Jan, dessen Schulzeit, Ausbildung, Arbeitsplatz und seine Rente zur damaligen Zeit,
beispielsweise 1976, für deren Voraussetzungen hätte gesorgt werden müssen! Wesentlich
einfacher wäre es Eleonore gefallen, wenn der
Landeswohlfahrtsverband zusätzlich "nur" dafür, dass sie ihrem Sohn bei seinen schulischen
Angelegenheiten half, auch noch ein weiteres
Geld gezahlt hätte! Das hätte aus ihrer Sicht
bedeutet, dass sie sich nicht auch noch für Jan
hätte unentgeltlich einsetzen müssen! Wenn
man zusätzlich noch hinzurechnet, dass die
arme Mutter dann auch noch fast 40 km gefah-
ren wäre, so hätte sie sich doch tatsächlich wenigstens einmal für Jan in einer für ihn sehr
wichtigen Angelegenheit wie eine würdige
Mutter verhalten können! So aber war es ja nur
ihr wahres Problem, wobei sie ja ohnehin der
festen Überzeugung war, dass aus dem so-
wieso nichts wird! Es waren nicht ihre nicht-
behinderten Kinder, sondern "nur" der Jan, mit

dem sie sich auf jeden Fall ganz einfach so etwas hat erlauben können! Der musste ja froh sein, dass die eigene Mutter mit ihm nicht noch sehr viel schlimmer verfahren war, als sie das eh schon tat! Schließlich ließ sie ein ums andere Mal Jan auch wörtlich wissen, dass sie mit ihm noch viel zu gut umginge! Genau da, wo sich soziale Väter und Mütter die Frage stellten, ob sie denn wirklich alles für ihre Söhne und Töchter getan haben, suchte Eleonore doch tatsächlich in den Krümeln, was sie denn noch alles gegen ihren ungewollten Jan hat unternehmen können! Wer wie Eleonore mit seinem eigenen Fleisch und Blut ein Kind wahllos in die Welt setzt, dieses möglichst gar nicht haben will, aber diesem Kind noch nicht einmal eine sehr fürsorgliche Großmutter gönnt, der hätte diesen Jan auch gut und gerne zur Adoption freigeben können! Es versteht sich ganz von selbst, dass es natürlich keine Garantie für Jan bedeutet hätte, dass die für ihn vorgesehenen Adoptiveltern tatsächlich die bessere Lösung gewesen wären. Aber sehr viel schlechter wäre es ihm sehr wahrscheinlich auch nicht gegangen, wenn man hinzurechnet, was in diesem Roman noch alles durch die eigene Mutter passiert! Schließlich hatte Jan, abgesehen von Frau Neu und der einen oder anderen Person, im Wesentlichen auch sehr gute Menschen kennengelernt, die es sehr wohl mit ihm gut meinten! Leider haben diese Leute aber gegen den Machtmissbrauch von Eleonore keine wirkliche Chance gehabt, da sie immer wieder mal in Jans Leben traten und dann aber auch wieder weg waren, weil sie vielfach auf ganz anderen Gebieten arbeiteten als beispielsweise Jan! Ein sehr typisches Beispiel hierfür ist: eine Praktikantin Ramona, die gerade einmal 17 Jahre alt war, als sie sich bei Jans damaligem Klassenlehrer für einen Klassenwechsel einsetzte! Über das Landschulheim hinaus allerdings sollte sie mit Jan so wenig zu tun haben, dass ihr Einfluss nicht groß genug war! Hinzu kam ihr Alter, weshalb sie sich bei ihren Kolleginnen und Kollegen selbst erst einmal durchsetzen musste! Zur damaligen Zeit im Jahr 1975, als es in Deutschland noch sehr autoritär zuging, hätte Ramona wohl kaum jemand zugehört, wenn sie sich ausgerechnet auch noch für ein ungewolltes Kind eingesetzt hätte! Schließlich galt ganz besonders zu dieser Zeit noch die Prämisse, dass das, was ich für oder vor allem gegen die Kinder als Erzieher oder Erzieherin tue, auf jeden Fall auch dann das Richtige ist, wenn es dem betroffenen Kind auch noch so sehr schadet! Dass es dann auch noch eine 17-Jährige gewagt hätte, sich für ein Kind einzusetzen, welches nun mal nach Ansicht der Schule in die Sonderklasse gehörte, wäre fast schon als ein starkes Stück aufgenommen worden! Dass Ramona bei Jans Klassenlehrer das Glück hatte, lag sehr wahrscheinlich daran, dass sich die Betreuer untereinander sehr gut verstanden und den Kindern, für die sie als Aufsichtspersonen zuständig waren, mit großer Achtung und Verantwortung zur Seite standen! Ansonsten wäre der Autor dieses Romans sich nicht so sicher, dass Ramona mit ihrem sehr beherzten Einsatz dabei Erfolg gehabt hätte!

Zurück zur fehlenden Schulbildung wegen eines 5-Minuteneinsatzes durch Jans Zahnarzt! Hätte Jan mit dem Zahnarzt nicht ein klares Wort gesprochen, so wäre dies sehr wahrscheinlich noch über längere Zeit so weitergegangen, da sich keiner der für ihn zuständigen Eltern dafür wirklich interessierte, dass dieser Junge schnellstmöglich weiterhin hat zur Schule gehen können! Schließlich schauten sie sich beide das üble Theater an, welches sich dieser Zahnarzt in den abgelaufenen vier Wochen erlaubte! Die Behandlungen fanden etwa zwei- bis dreimal pro Woche für circa 5 bis maximal 10 Minuten statt! Hierbei schaute er lediglich kurz nach und gab den nächsten Termin! Das war alles!

Was suchte Jan bei der Bahnhofsmission?

Als Jan am Freitag, dem 11. Februar 1977, mit seinen Leuten von Aschaffenburg nach Würzburg unterwegs war, konnte er noch nicht wissen, dass er nach der Ankunft sofort zur Bahnhofsmission musste. Der Grund hierfür war, dass die aufsichtspflichtigen Eltern nicht am Bahnsteig standen. Da die zwei Erzieherinnen, die für die etwa fünf bis zehn blinden und sehbehinderten Kinder zuständig waren, nach etwa sieben Minuten gleich mit dem Anschlusszug in Richtung Odenwald weiterfahren mussten, war das Verhalten von Jans Leuten wieder einmal sehr unrühmlich! Die Erzieherinnen hatten so lange die Aufsichtspflicht für ihn, bis jemand aus dem so genannten Elternhaus aus Heidingsfeld kam. Da aber die Betreuerinnen aus den bereits genannten Gründen nicht länger warten konnten, brachten sie Jan in Windeseile zur Bahnhofsmission! Welch ein Gefühl! Nur weil die eigenen Eltern es nicht für notwendig hielten, pünktlich zu sein, saß der Junge nun als dreizehnjähriges Kind unter obdachlosen Menschen und denen, die auch ansonsten in dieser Bahnhofsmission Hilfe suchten. Da saß der Bub nun und wusste nicht so recht, wann ihn jemand von seinen Leuten abholen würde. Netterweise bot man ihm eine Tasse Kaffee und ein paar Plätzchen an, die er dann auch dankend annahm. Danach fragte ihn eine ältere Dame in einem hellblauen Kittel, wie denn seine Eltern hießen. Sie wollte der Bahnhofsaufsicht an Gleis 9 ausrichten, dass diese von dort aus der für den Jungen zuständigen Person mitteilte, dass er sich zu dieser Zeit gerade auf der Bahnhofsmission befand. Die Wartezeiten, die Jan an so manchem Freitagmittag auf der Bahnhofsmis-

sion verbrachte, wo ihn die Leute bereits kann-
ten und fragten, wo denn wieder seine Eltern
stecken würden, lagen zwischen 20 und 60 Minuten. Je nachdem, wie lange es an dem einen
oder anderen Freitag dauerte, bis jemand aus
Heidingsfeld kam, musste man immer wieder
einmal mitten in der Berufsverkehrszeit Jans
Namen am Würzburger Hauptbahnhof ausru-
fen! Dass das ziemlich peinlich war, was sich
seine so genannten Eltern da mit ihm erlaub-
ten, das interessierte die beiden nicht, auch
nicht die Tatsache, dass sie sich auch hier wieder einer groben Verletzung der Aufsichtspflicht gemäß Paragraf 221 StGB schuldig gemacht hatten!

4
Mutter mutet Jan unmöglichen Gruppenwechsel zu!

Jan ist mittlerweile 14 Jahre alt und, musste von nun an auf eine Internatsgruppe, deren Kinder etwa vier bis sechs Jahre jünger waren! Die Gründe hierfür lagen an der eigenen Mutter, die über zwei Jahre hinweg vor lauter Bequemlichkeit die schreiende Umgangsweise von Frau Neu insofern unterstützte, als sie wohl froh war, dass ihr **Problem** unter der Woche weit genug von zu Hause entfernt war! Da Eleonore nie zuvor auf die Idee gekommen war, ihren Sohn von dieser Gruppe in eine andere wechseln zu lassen, tat dies für sie Frau Neu! Schließlich hat dieses Problemkind Jan angeblich dafür gesorgt, dass die arme Frau Neu sogar ein Magengeschwür bekam, und dann soll dieser auch noch behauptet haben, dass sie eine Hure sei! Das ging nicht nur zu weit, sondern das war natürlich das Allerletzte, was sich ein Kind ihr gegenüber erlaubte! Doch dass derselbe Jan niemals hinter ihrem Rücken so etwas ihr gegenüber in den Mund nahm und durch eine üble Nachrede von einer

Mitschülerin selbst Opfer wurde, interessierte Frau Neu überhaupt nicht!

Alleine schon die Tatsache, dass man quasi mit dem Jan hat machen können, was man wollte, zeigt, wie froh der Junge sein konnte, dass es mit der Internatsgruppe in der Villa Sonnenschein nun endlich vorbei war! Die bis dahin üblen Vorkommisse aus dem Elternhaus des Kindes, Lehrkräfte, von denen so mancher sein Geld nicht wert war, und eine Erzieherin, die nicht zuletzt wegen großer Alkoholprobleme (Frau Neu) ihre Aggressionen an den Kindern ausließ, wie sie wollte, fügten Jan ganz besonderen seelischen Schaden zu, der nie wieder gutzumachen sein wird! Es versteht sich von selbst, dass viele der Erwachsenen davon sehr wohl wussten, aber keiner wirklich die Verantwortung zum Schutz der Kinder hat übernehmen wollen! Nimmt man die gesamte Situation, die Jan auch mit seinen Fehlern hatte, die ein Kind machen muss, dann konnte er nur sehr glücklich sein, dass diese teilweise grausame Zeit vorbei war! Der Gruppenwechsel, der für ihn nun anstand, war ganz einfach insofern ein besonderer, als er ein zusätzlicher

Schlag gegen diesen Jungen und seine persönliche Entwicklung war, die ihm vor allem die eigene Mutter und seine Erzieherinnen bis dahin eingebrockt haben! Da hatte er von Haus aus, abgesehen von seiner Zeit in Plattling, ohnehin schon eine sehr schlechte Fehlentwicklung durchmachen müssen und dann entscheiden so genannte erwachsene Menschen gegen ihn auch noch so etwas! Wenn der Mensch mit 14 Jahren in der wichtigsten Phase seines Lebens steht und dann in eine Internatsgruppe mit Acht- bis Zwölfjährigen muss, so wollten diese Leute, die das nicht nur entschieden haben, sondern dafür auch noch Geld verdienten, nichts anderes als die Rückwärtsentwicklung von Jan! Anders ist ein solch peinliches Vorgehen nicht zu erklären! Wer sich da heute hinstellt und behauptet, dass man dem Jan lediglich mal einen Denkzettel hat geben wollen, damit er sich ihrer Meinung nach besser benimmt, der handelt genauso verantwortungslos, wie es Eleonore ohnehin mit Jan eh und je machte! Die Wahrheit, warum dieses Kind für die letzten Jahre mit dieser Zurücksetzung hat bluten müssen, ist doch die Tatsache, dass Jan in den Jahren zwischen 1968 und 1977 so gut wie keine tauglichen erwachsenen Menschen um sich hatte, mit denen er über seine ganz persönlichen Alltagsprobleme hätte reden können! Abgesehen von denen, die es mit Jan stets gut meinten, hörte dieser Junge doch meistens nur das, was er falsch machte. Wie man es aber richtig macht, das erklärten ihm, wenn überhaupt, nur die Allerwenigsten, was natürlich ganz im Interesse von Jans Mutter war! Diese suchte eh nichts anderes, als bei Jan das, was er möglichst nicht konnte! Was zusammengefasst bedeutet, dass Jan für die üblen Machenschaften einiger Erwachsener blutete und diese mit ihren vielfach kriminellen Handlungen auch noch dabei Geld verdienten, obwohl es ihnen wie im Fall von Eleonore gar nicht gehörte! **Pfui, schämt euch alle miteinander!**

5
Grauer Schulalltag für Jan,
Eltern zählen das Blindengeld!

Trotz des Klassenwechsels, der in der Schule nach langen Verhandlungen durchgeführt wurde, behielt dieses Kind seinen Sonderschulstatus, konnte in der neuen Klasse aber besser mitarbeiten! Was normalerweise sozial denkende, als auch vor allem handelnde Väter und Mütter für ihre Kinder vorher mit den Lehrkräften besprechen, musste der Junge mit einer Erzieherin und dessen Lehrer selbst aushandeln! Die hierfür zuständige Mutter fand es indes zu dieser Zeit wesentlich wichtiger, zu Hause mit ihrem Ehemann das Blindengeld zu zählen, welches sie ausschließlich für ihren Jan monatlich ausbezahlt bekam! Als Jan erst sechs Jahre später durch Mitschüler erfuhr, dass ihm einzig und alleine dieses Geld zusteht, sprach er die Täterin (Mutter) darauf an! Ihre Antwort hierauf war ziemlich kaltblütig: Wörtlich ließ sie ihren ungewollten, sehbehinderten Sohn wissen: "Mach mal die Augen zu, das was du da siehst, ist dir!" Auch diesen Satz musste er sich immer dann anhören, wenn er völlig zu Recht bei ihr anmerkte, was ihm gehörte! Nahm man jetzt noch das Kindergeld, 100 DM Schweigegeld und die Tatsache hinzu, dass ihr Sohn in der Woche so gut wie nie zu Hause war, so fielen für die Mutter und den Stiefvater im Zeitraum von September 1974 bis März 1981 keine Ausgaben für den ungewollten Jan an, da sie beide diese Gelder monatlich erhielten! Auf diese Weise kam hinzu, dass jegliche Geschenke alleine schon deshalb nicht im Sinne des Schenkens sein konnten, da sie letztlich von Jans Blindengeld finanziert wurden! Schließlich widerspricht es sich nun einmal, wenn man auf der einen Seite das Blindengeld der hier in diesem Roman geschädigten Person nimmt und auf der anderen Seite dann so tut, als hätte man ihr tatsächlich etwas geschenkt! Somit wurde Jan nicht nur seines ihm zustehenden Blindengeldes von der eigenen Mutter und dem Stiefvater beraubt, sondern auch noch seinen Geschwistern gegenüber massiv benachteiligt! Das wurde schon insofern deutlich, als das Blindengeld auch für Freizeitaktivitäten gedacht ist und nicht dafür, dass die eigenen Eltern mit ihrem

Geld nicht in der Lage waren, bis zum Monatsende ohne Schulden auszukommen! Zusammengefasst hieß das, dass die Mutter von Jan lediglich als Empfangsberechtigte vorgesehen war! So hätte sie beispielsweise zusätzliche Förderungen für die Schule am Samstagmorgen ohne weiteres für ihren Sohn veranlassen können! Was bedeutet: Alles, was Jan in seiner gesamten Entwicklung weitergebracht hätte, wäre hiermit auf jeden Fall möglich gewesen! So aber zog die Mama gemeinsam mit ihrem Ehemann Fritz die Zweckentfremdung dieses Geldes vor!

Zurück zur Internatsgruppe und Situation, in der sich von nun an das ungewollte Kind befand! Hier waren sie nun, die kleinen Kinder, die sich anfangs über den vermeintlich größeren 14-Jährigen lustig machten, ihn auslachten und verspotteten! Allerdings kann man hier fairer Weise sagen, dass die dortigen Erzieherinnen sofort dazwischen gingen und das Problem schnell auf soziale Weise lösten! Der Rest des knapp einjährigen Aufenthalts ist schnell erzählt! Jan sah zu, dass er möglichst mit keinem Ärger hatte und fristete sein Dasein mit Lernen für die Schule, Musik, Politik sowie

Fußballspielen und -hören! Als das knappe Jahr dann vorüber war, sollte das Kind für die letzten harten neun Jahre endlich belohnt werden, indem es auf eine Gruppe mit Jugendlichen und sozial handelnden Erzieherinnen kam! In der Schule indes erhielt es neue Schulfächer, wo es unter anderem in Geschichte über die sehr negative Vergangenheit des Landes erfuhr, in dem es lebt!

6
Positive Veränderungen in Jans Leben!

Auf Grund der Tatsache, dass sich das gesamte Umfeld für den mittlerweile 15-Jährigen zum Positiven verändert hat, sollte es ihm nicht nur in der neuen Internatsgruppe, sondern auch in der Schule wesentlich besser ergehen! Hierbei musste er gerade in der Schule leider feststellen, dass ziemlich viel an wichtigen Schuljahren vorbei waren und er nun sehen konnte, was er an Schulischem noch hat herausholen können! Dennoch machte der Junge nach langen Vorbereitungen seinen Freischwimmer und sollte auch sonst recht gut in der Schule mitkommen, wie sein Jahreszeugnis im darauf folgenden Jahr zeigte! Es verstand sich von selbst, dass Eleonore mit soviel Erfolg ihres Sohnes mal so überhaupt nicht klar kam! Schließlich musste Jan, der freudestrahlend nach dem Erfolg nach Hause kam, sich doch tatsächlich von ihr wörtlich sagen lassen: "Na und, den haben andere schon längst!" Dass ihr ungewollter Sohn dann auch noch nur zwei Wochen später den Fahrtenschwimmer machte, interessierte sie schon gleich gar nicht!

Wenige Wochen vor der Übergabe dieses Zeugnisses erfuhr Jan, dass sein bisheriger Klassenlehrer für seine Klasse leider nicht mehr zuständig sein würde, weil er in Rente gegangen war! Die schulischen Folgen hiervon sollten für Jan ganz besonders schwere Auswirkungen in den drei darauf folgenden Jahren haben. Zur selben Zeit fand sich der 16-Jährige in seiner neuen Internatsgruppe recht gut und schnell zurecht! Das lag ganz besonders daran, dass der Jugendliche von Anfang an als willkommener Mensch und nicht, wie beispielsweise bei seiner eigenen Mutter, als unerwünscht behandelt wurde! Hier gab es von nun an wieder jede Menge an Freuden, die Jan hat nun endlich erleben dürfen! Die Freiheit, welche er hier wiederfand, sollte er lediglich in den ersten fünf Jahren bei seiner Großmutter erleben dürfen! Die Freizeitaktivitäten reichten von: Schlittschuh fahren im Bad Kissinger Eissportstadion, über einen Abend bei einer lieben Erzieherin, die die Gruppe zu sich nach Hause einlud und für sie Bratäpfel machte, bis hin zu mehreren Konzertveranstaltungen, welche sie in Aschaffenburg miteinander besuchten! Was nun für den Jungen ganz besonders wichtig war: dass er auch mal seine Freuden über das, was ihm gerade besonders gut gefiel, hat herauslassen können, ohne dass man ihn gleich als unmöglich darstellte! Es war ganz einfach ein sehr soziales Umfeld, aus dem der Jugendliche hat seinen weiteren Alltag bestreiten können!

So lernte er in dieser Internatsgruppe genau das, wozu ihm Eleonore jegliche Fähigkeiten absprach! Es war beispielsweise das Kochen und Backen, welches er dank seiner sehr sozial eingestellten Erzieherinnen hat erlernen dürfen! Hier sagte man ihm nicht: "Das kannst du bei denen in Aschaffenburg machen, hier nicht", wie es stets bei Eleonore der Fall war!

Kurzum hier wurde Jan von allen Beteiligten als Mensch jederzeit fair behandelt!

Veränderung in Plattling!

In seiner Heimat Plattling war es in der Zwischenzeit zu einer wichtigen Veränderung gekommen! Sein Vater Robert, der sich für ihn als Opa ausgab, ließ sich von Ilona scheiden, da er in der Kur eine andere Frau kennen lernte und nach Dortmund zog! Somit dürften von nun an auch die Wege für die 100 DM Schweigegeld nicht mehr ganz so einfach gewesen sein, als dies bisher der Fall war! Dennoch konnte hierbei nie wirklich ausgeschlossen werden, dass ab jetzt dieses üble Theaterspiel auf dem Postweg abgewickelt wurde! Wie der Verlauf dieses Romans noch ganz klar aufzeigen wird, wusste die Mutter des ungewollten Kindes immer, wie sie an Geld von anderen hat herankommen können! Das galt auch dann, wenn sie selbst ihr Auskommen hatte und dennoch Wege fand, wie sie vor allem ihren eigenen Sohn hat ausbooten können!

In der Schule bekam der Jugendliche es nun mit einer Lehrerin zu tun, die genau das fortsetzte, was zuvor schon seine Mutter, eine Erzieherin und so manch anderer möglichst unterließ! Es war dem Jungen eine Bildung zu vermitteln, mit der er auch im späteren Leben hätte etwas anfangen können! Kurzum schaffte es diese Lehrerin zwar in drei Jahren nicht, dem Jugendlichen wenigstens einen Hauptschulabschluss mit ins Leben zu geben, aber sich als vollblinde Person auf den Aschaffenburger Bahnhof zu stellen, um ihre DKP Blätter verteilen zu können!

7
Von nun an bekam es der Steuerzahler mit dem Ziel der Mutter zu tun!

Als der ungewollte Sohn von zu Hause auszog, weil er hier auf gar keinen Fall mehr eine Zukunft sah, beschloss er, nach Gmünden, zu ziehen! Allerdings sollte dies leider nur für knapp drei Monate gutgehen, da seine Mutter den Großteil einer Blindengeldnachzahlung ganz einfach für sich und ihren Ehemann behielt und es auf diese Weise nur sehr schwer war, in einem kleinen Ort mit einer Sehbehinderung ohne Auto leben zu können! Hinzu kam, dass der junge Mann dem Glücksspiel am Automaten verfiel, was er bei seinem Stiefvater zu Hause im Keller mehrfach gesehen hat! Daher kam für Jan wieder alles zusammen, und er musste nach sehr kurzer Zeit wieder in das ungeliebte Zuhause zurück! Hier erfreute sich schon dessen Mutter über einen weiteren Misserfolg ihres lediglich geduldeten Sohnes, der bei ihr nie wirklich anerkannt war! Es verstand sich von selbst, dass es ihm danach erst recht bei seiner Mutter nicht hat gut ergehen können! Ganz im Gegenteil: Nun war er nicht mehr nur wie in den vielen Jahren zuvor seiner Mutter gegenüber ausgesetzt, sondern auch seinem Stiefvater, der ihn von Zeit zu Zeit in Worten wissen ließ, was er wirklich von ihm hielt! So warf dieser Jan als ehemaligem Sonderschüler vor, dass er selbst doch mit 14 Jahren bereits eine Lehrstelle hatte und mit 17 auf einem Eisenbahnstellwerk seine Arbeit begann und nicht wie sein Stiefsohn mit 20 Jahren seiner Mutter auf der Pelle lag! Obwohl sich beide insgesamt gesehen eigentlich noch gar nicht mal so schlecht über die Jahre hinweg verstanden haben, provozierte der Stiefvater seinen Stiefsohn immer dann, wenn seine Ehefrau beide gegeneinander ausspielte! Als der Stiefvater ihn dann auch noch „Versager" nannte, war das Maß voll, und der junge Mann zog nun endgültig wieder aus und sollte auch nie wieder wohnhaft zurückkehren!

Als Jan zum letzten Mal von zu Hause ausgezogen war, stellten sich von nun an die wirklichen Alltagsprobleme ein! Spätestens ab jetzt ging es für ihn um die üblen Folgen, die ihm sein sogenanntes Elternhaus und auch die verschiedensten Sonderschulen eingebrockt hatten! Mit dem Endeffekt, dass er nicht "nur" ohne jede Perspektive arbeitslos, und damit gleichbedeutend auch zum Sozialfall wurde, sondern dass die eigene Mutter im Schwerpunkt wohl kaum auch etwas anderes beabsichtigte! Schließlich handelte es sich, wie hier schon erwähnt, um mehrere vorsätzliche Taten! Immerhin vertrat sie bis dahin stets mit äußerster Unverschämtheit den Satz, dass aus dem eh nichts wird! Nun war der Satz, der sicher auch schon mal in dem einen oder anderen Elternhaus fiel, für sie zur Realität geworden! Der Unterschied hierbei ist, dass bei vielen anderen Eltern in unserer Gesellschaft dieser Satz ganz bestimmt auch mal den Söhnen und Töchtern gesagt wurde! Allerdings standen die Eltern ihnen in letzter Konsequenz dennoch zur Seite und führten sie auf soziale Weise auf den richtigen Weg, indem sie dafür sorgten, dass ihre Schutzbefohlenen eine abgeschlossene Ausbildung erreichten! Das, was Eleonore ihrem Problem, in sozialen Kreisen auch Kind genannt, antat, war schon deshalb sehr unverschämt, weil sie in ihren Handlungen stets nur an sich und nicht wirklich an Jan dachte! Daher ist es aus Sicht des Autors auch nicht damit vergleichbar, dass andere Eltern diesen Satz ihren Töchtern und Söhnen auch mal sagten! Gewiss wird das alles, was sie mit ihrem Kind so anstellte, nicht von Beginn an so geplant gewesen sein, aber wer sein Kind für das Blindengeld an eine Blindenschule nicht nur abschiebt, sondern auch gleichzeitig dafür sorgt, dass sich dieses Kind in Sachen Bildung über die Schule hinaus nicht weiterentwickeln kann, der kann hinterher wohl kaum behaupten, dass er nicht vorsätzlich gehandelt habe! Schließlich wusste die sogenannte Mutter von Jan ganz genau, was sie tat!

Daher stand der junge Mann nicht nur von heute auf morgen ganz einfach beinahe mittellos da, sondern musste sich erneut auf ganz andere Weise dem von Eleonore neu erdachten Plan geschlagen geben! Auch diesmal brauchte sie gar nicht so lange dafür, um herauszufinden, wodurch sie erneut über ihren Sohn zu Geld kommen konnte!

Nachdem sie es in der zurückliegenden gemeinsamen Vergangenheit geschafft hatte, ihren Sohn so unselbstständig wie möglich zu machen, meinte sie bei einem Besuch nur, dass so, wie er putzte, man nicht putzen könne! Sie vertrat dabei die Meinung, dass sie da helfen müsse! Da Jan keine Waschmaschine und nichts zum Bügeln hatte, bot sie ihm ihren mütterlichen Service sozusagen als Komplettpaket für sage und schreibe 120,00 DM im Monat an! Nachdem sie ihren Sohn über 15 Jahre hinweg so nötigte, dass dieser zu dieser Zeit kaum noch ein und aus wusste, stimmte er ohne jede Erfahrung, seelisch und moralisch völlig am Ende, der Nötigung seiner eigenen Mutter zu! Es war genau die Situation, die seine sogenannte Mutter ganz genau sah! Auf diese Weise bezahlte Jan Eleonores unsoziale

Handlungsweise von seinem Blindengeld! Dass ihr Sohn ansonsten lediglich eine Sozialhilfe bezog, die am Tag zu dieser Zeit gerade einmal 11,07 DM wert war, interessierte sie so überhaupt nicht! Die Wahrscheinlichkeit, dass sie ihre Hilfe auch ohne Geld angeboten hätte, war als sehr gering einzustufen! Schließlich hätte sie dann einen anderen Job gehabt und wäre wohl kaum bereit gewesen, sich unentgeltlich für ihren Sohn einzusetzen! Also verstand es sich für sie ganz von selbst, dem Menschen, den sie in die Sozialhilfe degradierte, welche durch den Steuerzahler finanziert wird, nun auch noch sein letztes Hab und Gut zu nehmen! Aber nicht nur das: Jetzt sollte es dem völlig unerfahrenen jungen Mann erst so richtig an seine Existenz gehen! Alles, was seine Mutter bisher schon einmal gegen ihn an Negativem unternahm, hatte nun aus ihrer Sicht endlich seinen Erfolg! Nun hieß es für ihren Sohn, sich nicht nur beim Sozialamt wirtschaftlich auszuziehen, sondern die eigene Mama kassierte ihn von seinen Geldern, die er zum Leben benötigte, monatlich aufs Übelste ab! Dieses Geld kassierte sie in allererster Linie dafür, dass sie über anderthalb Jahrzehnte ihren Sohn so abhängig machte, dass dieser erst einmal sehen konnte, wie er in seinem Alltag klarkam! Dabei stellte sich nun für ihn die Frage, wo er denn überhaupt beginnen konnte? Hierbei stand nun nicht nur das Berufliche und Wirtschaftliche auf seinem Prüfstand, sondern ganz besonders seine Seele, die weder ein noch aus wusste! Besonders erschwerend für ihn war nun, dass es kaum jemanden gab, der ihn in seiner Situation gegenüber seiner Mutter hätte unterstützen können! Auf Grund der Tatsache, dass er ja noch ein sehr junger Mensch war, der sozusagen das Leben noch vor sich hatte, glaubte er daran, dass er die üble Vergangenheit mit seinen Eltern durch eine Arbeit, die er annehmen würde, wieder gut machen könnte! Jedoch vergaß er in seiner ganzen Hilflosigkeit, dass das auf gar keinen Fall einfach würde! Der Hauptgrund hierfür lag wohl in allererster Linie darin, dass seine Geburt keine war, wie sie im Normalfall verlaufen sollte! Will sagen: Durch die Familieninzucht wurde seine Behinderung erst so richtig für ihn zur Realität! Besonders gefährlich hierbei war, dass er sich bei Reisefirmen telefonisch meldete, die sich bei seiner kurzen Mitarbeit als Drückerkolonnen herausstellten! Wie er nach seiner knapp dreiwöchigen Mitarbeit erst viel später erfuhr, lebte er dort auf gar keinen Fall ungefährlich, da anderswo auch schon mal Drücker geschlagen oder an einer fremden Autobahn ausgesetzt wurden, wenn sie nicht genügend Zettel am Tag geschrieben hatten! Als besondere Erschwernis kam für den Jan hinzu, dass sich das örtliche Arbeitsamt nicht wirklich um ihn kümmerte! Wenn es das eine oder andere Mal zu einer Berufsberatung kam, so musste der Autor dieses Romans immer wieder aufs Neue feststellen, dass sich sein Berufsberater darauf bezog, dass sein Gegenüber ja keinen Hauptschulabschluss und auch sonst keine Ausbildungen vorzuweisen hatte! Was zur Folge hatte, dass man ihn auf dem Arbeitsmarkt ganz einfach nicht vermitteln konnte, aber in allerletzter Konsequenz auch nicht vermitteln wollte! Dass es für den Berufsberater ganz bestimmt nicht einfach war, konnte man ihm mit Sicherheit zugute halten, aber dass es gleich mit der Tatsache verbunden war, dass die Behörde für den jungen Mann quasi gar nichts mehr tat, war und ist schon skandalös! Schließlich gab es zur damaligen Zeit der 1980er Jahre sehr wohl Jobs, die auch ein Mensch mit einer Sehbehinderung und ohne Abschluss hätte machen können, wie der weitere Verlauf dieses Romans noch aufzeigen wird! So wäre beispielsweise eine leichte Telefontätigkeit auf jeden Fall drinnen gewesen, noch zumal viele, mit denen der junge Mann telefonierte, seine Stimme als eine gute Telefonstimme erkannten! Aber da es ja hierbei nicht um die spätere Rente des Berufsberaters ging, sondern nur um die von Jan, konnte der sehen, wo er bleibt! Fortsetzung folgt!

Privat war natürlich der soziale Abstieg des jungen Mannes besonders in den Würzburger Blindenkreisen das Thema! Schließlich hatten viele von ihnen wie selbstverständlich einen Schulabschluss, mindestens eine abgeschlossene Ausbildung und das, was doch in unserer Gesellschaft aber mal selbstverständlich zu sein hatte! Dies war vor allem zu dieser Zeit so selbstverständlich, dass es darüber überhaupt keinen Zweifel gab! Dass da so jemand wie Jan noch nicht einmal einen Schulabschluss besaß und dann auch noch sein Geld zum Leben vom Sozialamt abholte, statt arbeiten zu gehen, fand man doch sehr unverständlich! Welch ein Glück, dass dieser nicht auch noch zum Kegeln oder zu sonstigen Veranstaltungen mitkam, sonst hätte man ihm auch noch etwas ausgeben müssen! Oh wie schlimm! Ganz bestimmt nicht alle, aber doch ziemlich viele vergaßen, dass sie nicht nur von Beginn an haben in die Schule gehen können, sondern sehr wohl auch von ihren Eltern entscheidend unterstützt wurden, sodass sie in eine solche Lage, wie der Autor dieses Romans erst gar nicht hineingekommen waren! Bestimmt hat man ihnen auch nicht alles geschenkt, sondern sie mussten es sich erarbeiten. Dennoch ist es ein sehr großer Unterschied, ob man sich im Hintergrund auf seine Leute verlassen konnte oder wie in Jans Fall eben nicht!

Zu seinem Glück aber gab es nicht nur diese Sorte von Menschen, die unglaubliche Angst vor dem Helfen hatten, sobald es um materielle Dinge ging! Im Laufe der Zeit durfte Jan auch ganz liebe Leute kennen lernen, die ihn nicht wie Eleonore diktierten, was er für eine Hilfsleistung zu zahlen hatte, sondern sie boten ihm ohne warum und weshalb

ganz einfach kostenlos ihre Hilfe an! Hinzukam, dass dieser junge Mann auf gar keinen
Fall ein Sozialschmarotzer war, der sich auch
nur jede Gelegenheit zu Nutze machte, um an
notwendige Mittel zu gelangen, sondern er
suchte stets nach Mittel und Wegen, wie er aus
dieser desolaten Situation hat herauskommen
können! Lange Zeit sollten aber seine Bemü-
hungen nur auf wenig fruchtbaren Boden fallen, was sowohl für das Private, als auch für
das Berufliche galt!

8
Zwei liebe Menschen treten in Jans Leben!

Zurück zu den guten Menschen, die dieser
junge Mann im Laufe seiner damaligen Zeit
kennenlernte! Auf den ersten Blick gesehen
waren es doch so einige Menschen, die Jan hat
Mitte der 80er Jahre kennenlernen dürfen. Genau genommen blieben aber in Wahrheit zwei
Personen, deren Freundschaften bis heute an-
halten und stets aufs Neue gegenseitige Schät-
zungen erfahren! Es ist beispielsweise eine
Frau, zu der dieser Jan eine seiner längsten
Freundschaften unterhält, die 1984 nicht nur

gegründet wurde, sondern auch bis zum heutigen Tag erhalten geblieben ist! Mit dieser Frau lernte er nun einen Menschen kennen, der seine Hilfsbedürftigkeit erkannte und ihn nicht wie seine Mama oder andere Leute ausnutzte, sondern ihm hilfreich zur Seite stand! Obwohl sie bei einer bekannten Bank arbeitet, fragte sie nie nach dem Unterschied, der nicht nur in materieller Hinsicht, sondern auch in den sonstigen Dingen des Lebens ganz klar bestand! Viel lieber schaute sie zu, dass dieser junge Mann etwas Gescheites zum Anziehen bekam, da hierfür wenig Mittel vorhanden waren! Doch sollte es nicht nur bei der materiellen Hilfe bleiben, sondern ganz besonders auch auf seelischer Ebene wurde sie sehr schnell für ihn eine sehr große Unterstützung! So begannen nun die zahlreichen Gespräche, aus denen er wieder neue Kraft und Zuversicht hat für sich gewinnen können! Es störte die Bankerin auch nicht im Geringsten, dass ihr neu gewonnener Freund eine Arbeit "nur" als Bürstenbinder fand! Da wo andere gegangen wären, ist sie bei ihm als Kameradin geblieben! Gerade in Blindenkreisen veranlasste das so manche Person, bei ihr doch einmal nachzufragen, was sie denn bei ihm will? Schließlich hatte er doch nichts zu bieten, wie wohl der eine oder andere meinte! Dennoch ließ sie sich von Jan nicht abbringen und hielt treu zu ihm! In den Gesprächen ging es nun vor allem darum, dem jungen Mann erst einmal wieder ein Selbstbewusstsein zu verpassen, welches er ganz bestimmt auch schon das eine oder andere Mal in diesem Leben bereits hatte! Andersherum ausgedrückt schaute sie, dass sich Stück für Stück ein neues Selbstwertgefühl bei Jan überhaupt hat aufbauen können! Es verstand sich natürlich von selbst, dass sie über die kommenden Jahre hinweg nicht schlecht erstaunt war, was er ihr aus seiner üblen Vergangenheit mit seinen sogenannten Eltern zu erzählen hatte! Schließlich war so etwas in Deutschland ja nicht alltäglich, dass eine Mutter ihren Sohn erst mit achteinhalb Jahren in die Schule schickte, um ihn über den Verlauf seiner Schulzeit hinaus so richtig mit allem, was man sich an Negativem vorstellen kann, regelrecht untergehen zu lassen! Als Hanna, so der Name seiner Freundin, ihn endlich soweit hatte, dass der junge Mann hat arbeiten können, sorgten sie beide dafür, dass er mit einer wesentlich stabileren Psyche auf seiner Arbeit viel mehr, als je zuvor erreichte! Schließlich musste er seine Arbeit im Akkord verrichten, und da war es schon sehr wichtig, dass er konzentriert arbeitete! Hinzukam, dass seine Arbeitsstelle nicht in Würzburg, sondern in Aschaffenburg lag! Sowohl die körperliche Arbeit als auch die täglichen Fahrten machten Jan schon schwer zu schaffen, dennoch hielt er durch! Doch sollte das, was die beiden Freunde sich bisher so für den jungen Mann ausdachten, noch lange nicht alles sein! Dank eines Taxifahrers, den der Autor auf der Heimfahrt mitten im strömenden Regen kennen lernte, ergab sich für den bisherigen Bürstenbinder die Möglichkeit, in einer Taxizentrale am Telefon in der Auftragsannahme arbeiten zu können! Nachdem er sich doch eigentlich schon mit seiner Rolle als Besenbinder abgefunden hatte, wohin ihn Eleonore durch ihr unsoziales Verhalten ihm gegenüber gebracht hat, gab es nun plötzlich diese Chance! Auch wenn das Arbeitsamt und eine Person aus dem Würzburger Blindenverein total dagegen waren, weil der wirtschaftliche Aufbau eines solchen Arbeitsplatzes ziemlich teuer ist, setzte sich Jan dennoch durch! Die Bedenken, die diese Leute hatten, waren, dass Jan es nicht nur am Telefon nicht schaffen, sondern auch noch zu allem Übel dafür sorgen könnte, dass andere behinderte Menschen bei neuen Arbeitgebern von nun an kaum noch eine Chance bekommen würden! Schließlich war dieser Autor ein Bürstenbinder und fertig aus! Frei nach dem Motto: „Was nicht sein kann, das nicht sein darf!" Schließlich war es auch hier wieder einmal nicht um sie selbst gegangen, sondern nur um einen Bürstenbinder, dem man solch einen Aufstieg schon gleich gar nicht zutraute! Fairerweise muss man hierzu sagen, dass die Kosten für einen solchen Arbeitsplatz schon ziemlich hoch waren und sind! Immerhin kostete dieser damalige Arbeitsplatz 100.000 DM mit allem, was für Jans Tätigkeit wichtig war! Beide Seiten sollten zwar ihre Befürchtungen äußern können, setzten sich aber letztendlich nicht durch! Ganz im Gegenteil, als es keine Hilfe aus den Blindenkreisen in Würzburg gab, half ein Bayer, und die Sache wurde so richtig interessant! Plötzlich zahlte sogar das Arbeitsamt alle Mittel, die für die Verwirklichung des Projekts notwendig waren! So zahlten sie beispielsweise einen Schreibmaschinenunterricht, den der junge Mann mit seiner Freundin durchführte, und weitere wichtige Gerätschaften, wie beispielsweise einen PC, Drucker und Bildschirm! Auch wenn die Behörden zunächst nicht so wollten, wie von Jan gewünscht, sorgte man gemeinsam dennoch dafür, dass er von nun an dem Steuerzahler nicht mehr auf der Pelle lag und nun sein eigenes Geld verdiente! Als er zuvor noch Besenmacher war, musste er vom Amt noch Geld mitbringen! Das aber war jetzt vorbei! Die Tätigkeit am Telefon in einer Taxizentrale bestand er sehr gut und blieb dort immerhin über 10 Jahre! Dies war für ihn nicht nur eine Arbeit, sondern eine echte Berufung, die von nun sein ganzes Leben total zum Positiven veränderte! So war er zum einen bei seinen Arbeitskollegen sehr gut aufgenommen und bei seinen Stammkunden beliebt! Das alles passierte für ihn, obwohl sein Chef sich von Anfang an nicht vorstellen konnte, dass ein Mensch mit einer Sehbehinderung in einer Taxizentrale hat arbeiten können! Zur allgemeinen Freude klappte dies wunderbar! Das genau war der Erfolg, welchen Eleonore bestimmt nicht wollte! Schließlich war sehr oft ihre Aussage ihrem Sohn gegenüber: "Auf dich warten die auch gerade!" Das genau war immer dann ihre Meinung, wenn sich für den Autor dieses Romans auch nur die leiseste Chance ergab! Sehr gerne wäre dieser Mann auch noch in dieser Taxizentrale geblieben, aber da er genau wie seine Kollegen plötzlich vertraglich in eine andere Gesellschaft umgeschrieben wurde, war dies leider der Anfang vom Ende! Dass gerade ein Mensch mit einer Sehbehinderung nicht darauf hat warten können, bis ganz zugemacht wurde, versteht sich ganz von selbst, da er es im Vergleich zu seinen Kollegen wesentlich schwerer hatte, eine andere Tätigkeit zu finden! Daher suchte er nach neuen Möglichkeiten und fand sie auch! Jan arbeitete in der Kosmetikbranche und war als Geschäftsmann beim Verkauf von Geschenkartikeln ebenso erfolgreich wie als Terminierer für eine Softwarefirma, für die Business-Akademiker und ein weiteres Unternehmen. Bis heute ist er geschäftlich tätig und arbeitet selbstständig auch im esoterischen Bereich.

Eine zweite sehr wichtige Person, die Jan noch als sehr junger Mann bereits mehrere Jahre vorher auf dem Sozialamt hat kennenlernen dürfen, war Hans! Dieser kümmerte sich als Seelsorger um ihn! So sprach Jan mit Hans immer wieder über die kriminelle Vergangenheit, welche er mit Eleonore hat durchleben müssen! Hierbei arbeitete man zum einen in persönlichen Gesprächen und zum anderen in zahlreichen Telefonaten an der Aufarbeitung seiner psychischen Probleme, die sich zwangsläufig aus dem, was seine Mutter mit ihm anstellte, ergaben! Schließlich nahm sie ihm damals nicht nur seine Identität, indem sie ihren kleinen Sohn für „eventuell geistesbehindert" hat erklären lassen! Auf diese Weise führte sie Jan nach allen Regeln der Kunst vor! Dies war und ist nach deutschem Recht gemäß Paragraf 185 StGB eine Beleidigung und wird mit Freiheitsstrafe bis zu einem Jahr oder mit Geldstrafe bestraft! Das bedeutet eine Missachtung oder Nichtachtung gegenüber dem Beleidigten durch eine ehrverletzende Kundgabe! Da Hans nicht nur als vollblinder Mensch, sondern auch als Seelsorger in diesen Gesprächen agierte, wurde ihm natürlich ganz schnell klar, dass es sich bei dem damaligen jungen Mann auf gar keinen Fall um einen natürlichen Weg, den ein Kind normalerweise durchläuft, handeln konnte! Als beide im Laufe der Jahre sogar Freunde wurden, sollten sich nicht nur für Hans, die sonstigen Freunde und die betroffene Person schwierige Zeiten einstellen.

9

Jetzt bekam es Jan schwarz auf weiß!

Der Autor dieses Romans wurde doch tatsächlich von der eigenen Mutter aufs Übelste in jeglicher Hinsicht so misshandelt, dass er inzwischen seit mehreren Jahren unter schweren Depressionen leidet! Dank seiner Psychologin und einer Frau, die in der Blindenschule in Aschaffenburg arbeitete, kam die komplette Wahrheit nach 41 Jahren heraus! Über vier Jahrzehnte nach dem Erstvergehen seiner Mama erfuhren er und die Menschen, die seit fast drei Jahrzehnten zu ihm halten, aus seiner Schulakte, die die Blindenschule zuvor aus guten Gründen nicht hat herausgeben wollen, was wirklich geschehen war! Zu der Zeit, als er als junger Mann nach seiner Akte forschte, wollte man sie noch nicht einmal auf dem Sozialamt gefunden haben, weil man nach deren Angaben selbst ein halbes Jahr danach suchte und sie wohl dann fand! Dennoch verweigerte man ohne Angabe von Gründen sie dem Jan auszuhändigen! Hierbei handelt es sich um eine Unterschlagung und nach Paragraf 246 Abs. 1 StGB um einen Straftatbestand! „Wer eine fremde bewegliche Sache sich oder einem Dritten rechtswidrig zueignet, der wird mit Freiheitsstrafe bis zu drei Jahren oder mit Geldstrafe bestraft, wenn die Tat nicht in anderen Vorschriften mit schwererer Strafe bedroht ist!" Doch erfuhr der ehemals ungeliebte Sohn aus seiner Akte, die er auf Drängen durch eine Mitarbeiterin der Blindenschule aus dem dortigen Archiv erhielt, noch viel mehr! Dass es da ein Blindengeld gab, was seine Mutter für ihn damals auf seinen Namen erhielt, war ihm zwar als Kind bekannt, jedoch wusste er natürlich nicht, was damit genau finanziert werden sollte! Daher erfuhr er jetzt erst Genaueres darüber, wieviel im Zeitraum von fast sieben Jahren für ihn tatsächlich ausbezahlt und damit gleichzeitig verbunden zweckentfremdet wurde! Die Erschütterung und Empörung darüber waren sowohl bei ihm, als auch bei seinen Freunden sehr groß! Alleine schon bis zu diesen Informationen fragten sich nicht wenige, wie denn so etwas hat überhaupt passieren können, und dann auch noch das! Von nun an war es traurige Gewissheit, dass seine Mutter auf sämtlichen ihr zur Verfügung stehenden Ebenen alles gegen ihren Sohn ausnutzte, was ihr möglich war! Mit dieser Akte stand nun auch für alle Beteiligten fest, dass diese Art von Mutter für ihren Sohn alles wollte, nur keinen Erfolg! Wie Hanna mehrfach in früheren Zeiten schon feststellte, wurde ihr Freund in seiner Kindheit von seiner Mutter doch nur als ein Problem und nicht als ihr Kind angesehen! Die Geldsumme, welche die eigene Mutter über Jahre hinweg veruntreut hatte, lag übrigens bei nicht mehr, aber auch nicht weniger als 24.090,31 DM! Das bedeutet nach deutschen Recht „Untreue" gemäß § 266 StGB:

„Wer die ihm durch Gesetz, behördlichen Auftrag oder Rechtsgeschäft eingeräumte Befugnis, über fremdes Vermögen zu verfügen oder einen anderen zu verpflichten, missbraucht oder die ihm kraft Gesetzes, behördlichen Auftrags, Rechtsgeschäfts oder eines Treueverhältnisses obliegende Pflicht, fremde Vermögensinteressen wahrzunehmen, verletzt und dadurch dem, dessen Vermögensinteressen er zu betreuen hat, Nachteil zufügt, wird mit Freiheitsstrafe bis zu 5 Jahren oder mit Geldstrafe bestraft!"

Spätestens hiermit wurde ganz klar, dass die eigene Mama sich normalerweise mehrerer Straftaten ihrem Bub gegenüber zu verantworten hätte, aber als ehemalige Erziehungsberechtigte mit der gesetzlichen Verjährungsfrist quasi auch noch belohnt wurde, obwohl die Beweise schwarz auf weiß vorliegen! Daher fragt sich nicht nur der Betrogene, wozu es denn hier in dem Land, in dem er lebt, ellenlange Gesetzestexte gibt, die man ganz einfach durch die Verjährungsfrist so außer Kraft setzen kann, als habe der Gesetzgeber sie nie eingeführt! Sieht man sich, abgesehen von den seelischen Folgen, mal den gesamten Wirtschaftsschaden an, den nur eine einzige Person für unsere gesamte Gesellschaft (Steuerzahler) angerichtet hat, der über Jahre hinweg bestand und wohl auch noch in der Zukunft besteht, so stellt sich doch die Frage, welche Art von Rechtsstaat hier in Deutschland nun für die betroffene Person und den Steuerzahler existiert? Schließlich sind doch die Eltern vom Deutschen Gesetz her nicht nur dann für ihr Kind verantwortlich, wenn es beispielsweise ein Abitur macht, sondern erst recht auch dann, wenn sie ihre Kinder, wie die Person, die in diesem Roman geschildert wird, vor die Hunde gehen lassen! Da stellt sich doch einem als Bürger, der sich gegenüber dem bundesdeutschen Gesetz nichts hat zu Schulden kommen lassen, die Frage: Wie denn das gemeint ist, wenn alle vor dem Gesetz einerseits gleich sind, wie es nach Artikel 3 GG heißt, aber andererseits durch das Schlupfloch einer gewaltigen Gesetzeslücke Eleonore hat straffrei ausgehen können? Da kann doch auch die Begründung, dass nur Mord nicht verjährt, alleine nicht herhalten! Schließlich geht es doch nicht "nur" um die von der Täterin betrogene Person, sondern wie schon hier angesprochen, auch um unsere Gesellschaft, die nun über den einzelnen Steuerzahler dafür aufkommen darf! Hinzu kommt, dass es wohl in unserem Land noch nicht einmal dann ein Gesetz gibt, wenn ein unbescholtener Bürger wie die hier betrogene Person erst nach 41 Jahren seine vollständige Akte bekommt! Würde das heute einem Kind passieren und ein Erwachsener darauf aufmerksam werden, so könnte er für dieses Kind dessen Rechte wahrnehmen! So aber liegt die Straftat mehr als vier Jahrzehnte zurück und da kann und will man sich juristisch nicht auch noch mit so etwas auseinandersetzen! Wesentlich einfacher ist es da schon, ganz einfach zur Tagesordnung überzugehen! Was bitteschön hat denn das noch mit einem Rechtsstaat zu tun, wenn ein Mensch wie Eleonore sich ihrem Sohn gegenüber eine Straftat nach der anderen herausnimmt und gleichzeitig dann auch noch den Steuerzahler massiv belastet, aber dann nicht ein einziges Mal auf der Gerichtsbank Platz nehmen muss? Nimmt man nur einmal die Zeit von 1983 bis 1990, so hat Eleonore bereits hier schon für einen Steuerschaden gesorgt, der bei mehreren 100.000 DM liegen dürfte! (Sozialhilfe)! Rechnet man nun noch die Zeit von 2008 bis aktuell 2016 hinzu, so erhöht sich der Steuerschaden um ein Vielfaches, indem auch hier wieder Sozialhilfe für ihren betrogenen Sohn gezahlt wurde! Es ist nun einmal nicht nur Mord, wenn man einen Menschen umbringt, sondern auch dann, wenn man wie im hier geschilderten Fall sein Kind seelisch so misshandelt, dass dieser Mensch heute im späteren Erwachsenenalter froh sein kann, dass seine Krankenkasse ihm die Psychotherapie bezahlt! Das von mir Letztgenannte ist übrigens neben Arbeitslosengeld und jahrelanger Sozialhilfe nur eine Form der Folgen, wofür nicht erst seit heute für die geschädigte Person gezahlt wird! Nach den hiesigen Gesetzen versteht es sich von selbst, dass die geschädigte Person auch dann hierfür vom Staat keine Entschädigung erhält, wenn das Gesetz, welches von der Verjährungsfrist betroffen ist, völlig falsch verabschiedet wurde! Wovon übrigens auch die Straftat der Mitwisserschaft durch den Stiefvater mit betroffen ist! Schließlich wusste dieser nicht nur davon, sondern profitierte neben seiner Ehefrau ebenfalls von dem Geld, das einzig und alleine auf den Namen des Kindes geschrieben wurde und wofür Eleonore lediglich die Verwaltungsbefugnis besaß!

Ein weiterer Justizskandal hierzulande ist, dass Kleinstkinder wie der hier geschilderte Bub noch nicht einmal gesetzlich geschützt sind, wenn sie beispielsweise bei einem Krankenhausaufenthalt bei vollem Bewusstsein im Bett festgebunden werden! Sie können sich nicht nach Paragraf 239 StGB auf Freiheitsberaubung berufen, da Kleinstkinder hiervon ausgeschlossen sind! Da Eleonore sich ohnehin nicht wirklich für ihren Sohn interessierte, meinte sie auf die Schilderungen ihres Jungen hin nur: "Du willst da eh nicht mehr hin, dann brauche ich auch nichts dagegen zu unternehmen!" Nach Paragraf 323c handelt es sich hierbei um unterlassene Hilfeleistung, da sie die Personen, die in dieser Zeit für diesen Jungen zuständig waren, hätte anzeigen müssen! Hierfür ist eine Freiheitsstrafe bis zu einem Jahr oder Geldstrafe vorgesehen! Im Falle einer Anzeige hätte man dem geschädigten Bub beispielsweise durch einen Kinderarzt oder Psychologen schon helfen können! Auf diese Weise hätte man auch gleichzeitig sein sehr schweres Trauma, welches mittlerweile nicht mehr nur für das Krankenhaus gilt, sondern auch in allen anderen Situationen, denen man ausgeliefert ist, eindämmen können! So aber unterstrich die so genannte Mutter einmal mehr, dass sie das, wofür sie hauptsächlich zuständig war, letzten Endes wie ein Problem, aber nicht wie ein Kind behandeln konnte! Zu gut deutsch heißt das, dass sie zu keiner Zeit, wenn es um diesen Jungen ging, den Anforderungen gewachsen war! Allerdings muss man sich auch die Frage stellen, ob sie das hat sein wollen? Schließlich reihte sie sich mit ihrem ganzen Verhalten ihrem Kind gegenüber in die Kategorie der Mütter ein, die es mit der Mutterliebe nicht so genau nehmen! Wobei es natürlich besonders außergewöhnlich ist, dass eine Mutter ihren Sohn, der ja auch noch sehbehindert ist, gleich so derart vor die Hunde gehen lässt, dass dieser bei den heutigen Anforderungen in der Arbeitswelt kaum noch Chancen hat! Hinzukommt, dass die Verjährungsfristen leider Gottes auch für die Krankenschwestern und Ärzte gelten, die zu diesen sehr schweren Traumata beigetragen haben! Wie dem Jungen aus der damaligen Zeit bekannt ist, betraf das Ganze nicht nur ihn, sondern konnte auch andere Kinder im gleichen

Maße betreffen, da man in diesem Krankenhaus mit den Kindern nicht gerade fürsorglich
umgegangen ist! Die Kinder waren den Machenschaften der Ärzte und Krankenschwestern geradezu ausgeliefert und konnten sich
demnach auch nicht wehren! Was übrigens der
Mutter des hier betroffenen Kindes sehr bekannt war! Gerade in diesem Kindesalter sind
die Kinder doch ganz besonders schutzbedürf-
tig, was auch dann gilt, wenn eine Kranken-
schwester ein Kind aus einer vermeintlich gefährlichen Situation retten will, es aber darüber
hinaus seiner Freiheit beraubt! Wie uns das
Beispiel der hier geschilderten Person zeigt,
darf es doch gar nicht erst so weit kommen,
dass die Person für ihr weiteres Leben so trau-
matisiert bleibt, dass kaum ein Psychologe
ausreicht! Was wieder einmal die Frage aufkommen lässt, welchen Stellenwert ein Kind
in unserem Land eigentlich wirklich hat. Der
Stellenwert eines Kindes mag einerseits sehr
fürsorglich ausgedrückt sein, lässt aber andererseits nicht wirklich zu, dass ein Kind in
Deutschland tatsächlich vor dem Gesetz genauso gleich behandelt wird, wie ein erwach-

sener Mensch! Was diese These ganz klar unterstützt, ist die Tatsache, dass es bis zum heutigen Tag immer noch Verbände und sonstige Kinderorganisationen gibt, die beispielsweise bessere Rechte für geschädigte Kinder gegenüber ihren ehemaligen Erziehungsberechtigten fordern, wozu übrigens auch das Ende der Verjährungsfristen gehört! Wichtig hierbei ist doch: Solange die Eltern, die es mit der Achtung ihrem Kind gegenüber nicht so genau nehmen, lediglich vermeintliche Kleinigkeiten zu verantworten haben und sich trotz zahlreicher Verstöße später nicht einmal dafür verantworten müssen, ist doch dem Missbrauch geradezu Tür und Tor geöffnet! Ein Kind, welches diesen Missbrauch während seiner Kindheit über sich ergehen lassen muss, hat schließlich keine Chance auf eine Veränderung seiner Situation, da es in seiner Existenz keine Unterstützung erfährt! Auf diese Weise steht es nicht nur in seiner aktuellen Kindheit, sondern auch in der Zukunft existenziell vor großen Problemen! Noch schlimmer ist, dass wir hier in einem Rechtsstaat leben und dieser Mann später noch nicht einmal gegen die Personen rechtlich vorgehen kann! Schließlich haben diese ihm so schwere Schäden zugefügt, dass seine ganze Zukunft verbaut wurde! Werden später im Erwachsenenalter die kindlichen Befürchtungen zur Realität, so hat dieses Kind hierzulande keine Chance, seine Rechte gegenüber seinen so genannten Eltern einzuklagen, musste aber die Verwahrlosung ohne strafrechtliche Konsequenzen für die Eltern über sich ergehen lassen! Daher sollte sich nicht nur die Justiz der Bundesrepublik Deutschland, sondern auch unsere Gesellschaft ganz klar fragen, wie lange wir uns hierzulande Eltern leisten können, die ihren Kindern schlicht und ergreifend außer großen Schäden nichts zu bieten haben? Alleine wenn der Autor dieses Romans nur an die 60er und 70er Jahre denkt, dann fallen ihm nicht nur die Straftaten der eigenen, sondern auch die von vielen anderen Eltern ein! Angefangen vom Vater, der schwer alkoholisiert seine Töchter vor allem dann schlug, wenn sein Fußballverein wieder einmal verlor, über die Mutter, die am Würzburger Hauptbahnhof im Beisein von Erzieherinnen schwer alkoholisiert mit ihren Töchtern vor uns allen herumstand, bis hin zu

wirklich sehr brutalen Eltern, die ihre Schutzbefohlenen mit einem Morgenstern oder der
Gürtelschnalle so schwer schlugen, dass man
die Striemen auf deren Körper hat sehen können, geht in Deutschland alles straffrei aus!
Ganz zu schweigen von den sogenannten Verwandten, die sich mit Duldung der eigenen Eltern an deren kleinen Töchtern so vergriffen
haben, dass diese nicht erst seit heute im reifen
Frauenalter ihre Sexualität nicht oder nur sehr
eingeschränkt mit ihrem Partner ausleben können! Wenn alle die hier von mir genannten
Menschen eine faire Chance vor Gericht hätten, es würde eine Prozesslawine nie gekann-
ten Ausmaßes ausbrechen! Wenn man sich
jetzt noch die Sexualstraftaten an Kindern an-
sieht, wozu auch der Besitz von Videos in diesem Zusammenhang gehört, dann komme ich
nicht daran vorbei, dass auch hier die Zukunft
von morgen, auch Kinder genannt, vom Gesetz
her nicht wirklich ausreichend geschützt ist!
Wenn man dann noch als Bürger unseres Landes weiß, dass vor nicht allzu langer Zeit ein
Politiker für unerlaubtes Videomaterial, welches im Zusammenhang mit Kindern stand,
gerade einmal 5.000 € von einem Deutschen

Gericht aufgebürdet bekam, auch dann kann man sehr gut erkennen, wie schlecht es im Rechtsstaat Deutschland um die Kinder bestellt ist!

10
Appell an das Bundesjustizministerium

Auf Grund der hier genannten Missbräuche, welche die verschiedensten Eltern gegenüber ihren Töchtern und Söhnen straffrei unternahmen, richtet der Autor dieses Romans einen dringenden Appell an das Bundesjustizministerium! Bitte schaffen Sie unbedingt die Verjährungsfristen nicht nur für Eltern, sondern auch für all jene, die eine Aufsichtspflicht einem Kind gegenüber haben, ab und sorgen Sie gleichzeitig dafür, dass die Menschen, denen man jegliche Menschenwürde genommen hat, sich nach rechtsstaatlichen Prinzipien gegen ihre Peiniger später einmal vor Gericht verteidigen können! Zeigen Sie mit einem oder mehreren Gesetzen den Tätern ganz deutlich an, dass es gerade für die zahlreichen Kinder endlich auch einen Rechtsstaat gibt, der nicht mehr beinahe tatenlos zusieht, wie unsere Zukunft derartig aufs Spiel gesetzt wird! Schließlich bluten nicht nur die betroffenen Kinder/späteren Erwachsenen, sondern auch alle Steuerzahler, die für die Schäden aus emotional verwahrlosten Elternhäusern am Ende aufkommen dürfen! Beispielsweise ist die Sozialhilfe doch für die Menschen gedacht, die unversehens in Not geraten sind, und nicht für Eltern, die ihre Schützlinge ganz einfach so verkommen lassen, dass diese in späteren Zeiten keine Arbeit mehr finden und der Gang zum Sozialamt vorprogrammiert ist! Ich denke, wir alle können stolz sein, in einem Rechtsstaat leben zu dürfen, der solche Hilfen zwar anbietet, aber dass diese Möglichkeit von vornherein schon so missbraucht wird, sollten Sie nicht länger dulden! Daher sollten wir diesen Rechtsstaat unbedingt auch für unsere Kinder/Zukunft erweitern, indem auch Behörden wie beispielsweise Jugendämter mehr zur Verantwortung gezogen werden! Wie oft ist es sowohl dem Jugendamt als auch der Polizei bekannt, dass in einem Elternhaus menschenunwürdige Zustände herrschen! Letztlich können sie aber oftmals nicht so eingreifen, wie sie nach ihren Erkenntnissen wollen, aber gesetzlich nicht den Spielraum haben, den sie benötigen! Gerade in einem Rechtsstaat kann es doch nicht wirklich sein, dass Eltern erst dann vor einem Gericht stehen müssen, wenn sie entweder ein Kind haben verhungern lassen oder es gar in einem Eisfach auf unsozialste Weise ums Leben gekommen ist! Daher bitte ich Sie, geben Sie den emotional verwahrlosten Zuständen nicht länger eine Chance! Zeigen Sie auch all jenen, die sich im Umfeld eines Kindes bewegen, dass auch sie eine Anzeigepflicht haben, die ganz besonders in den Fällen zum Tragen kommen sollte, wenn das Wohl eines Schutzbefohlenen offensichtlich gefährdet ist! Kommt es heutzutage für ein Kind in unserem Land zur Gefährdung und wird die Aufsichtsperson angezeigt, so muss sie damit rechnen, dass sie sich vor einem Gericht dafür verantworten muss! Daher stellt sich dem vom mehrfachen Missbrauch betroffenen Autor die Frage, warum sich beispielsweise dessen Mutter, die im Schwerpunkt dafür sorgte, dass die betroffene Person kaum noch in Arbeit kommt, auch dann nicht für die Langzeitschäden mit aufkommen muss, obwohl der Beweis eines gefälschten Schriftstücks vorliegt? Als Schriftsteller dieses Tatsachenromans kann ich Sie nur sehr dringend darum bitten: Befreien Sie vor allem die Kinder, welche beispielsweise auch heutzutage von Erziehungsberechtigten nicht mehr im Sinne des Gesetzes erzogen werden, sondern unter ganz üblem Machtmissbrauch zu leiden haben! Vergessen Sie hierbei bitte nie, dass die Kinder, die solch traumatische Zustände erlebt haben, nicht nur wahrscheinlich, sondern ganz sicher die Hilfeempfänger von morgen sein werden! Solange unwürdige Eltern sich alles Mögliche herausnehmen können, ohne auch nur ein einziges Mal auf einer richterlichen Strafbank Platz nehmen zu müssen, braucht sich unsere Gesellschaft über eine Zunahme an schlecht ausgebildeten Kindern nicht zu wundern! Woher sollen sie es denn haben, wenn sie aus unserer Gesellschaft kaum noch Vorbilder bekommen, die ihnen zeigen, wie es richtig gemacht wird? Was aus meiner Sicht zusammengefasst bedeutet, dass der Steuerzahler hierzulande nicht für diese in Sozialhilfe geratene Person zahlt, sondern für die Leute, die nach dem Gesetz als Eltern für das

Kind zuständig waren und mit ihm skrupellos umgegangen sind! Darüber hinaus möchte ich noch ganz dringlich darauf hinweisen, dass man sowohl Mütter, als auch Väter, Lehrkräfte und den betroffenen Schüler sowohl am Anfang als auch am Ende seiner Schullaufbahn an einem Tisch versammeln sollte. Nur so ließe sich klären, warum und weshalb die Schulziele erreicht oder vor allem nicht erreicht wurden! Auf diese Weise würden alle Beteiligten von Anfang an verstehen, dass sie eine Verantwortung haben und sich auch hinterher nicht herausreden können! Auf diesem Wege könnte man sehr schnell erkennen, mit welchen Gotteskindern eines Elternhauses man es in Wirklichkeit zu tun hat! Darüber hinaus sollte man gleichzeitig darauf achten, dass eine Bescheinigung ohne jede Untersuchung nicht ausreicht, um ein Kind wahllos von der Schule zurückstellen zu können! Auf diese Weise bestünde zumindest die Möglichkeit, dass das Kind vor Missbrauch besser geschützt wird! Verwandte, Bekannte und Freunde sollten möglichst hellhörig werden, wenn es heißt, dass ein Kind im Umfeld in die Sonderschule geht, da man nicht wissen kann, aus welchen

Motiven dieses zu Stande gekommen ist! Schließlich hat man auch in einem Rechtsstaat wie innerhalb der Bundesrepublik Deutschland als Sonderschüler keine Chance, solange nicht für das Kind die Hilfe von außen kommt! Wer wegschaut, sollte sich bitte später nicht darüber beklagen, wenn er einmal dafür, dass er sich nicht eingesetzt hat, in Form von Steuern dafür zahlen muss! Schließlich ist unsere Gesellschaft ganz schnell mit den Vorurteilen dabei, wenn es heißt, dass so jemand ein Sozialschmarotzer ist! Ich für meine Verhältnisse weiß ganz genau, dass ich stets zu allen Zeiten alles Erdenkliche unternehme, um in Arbeit zu kommen oder geschäftlich tätig zu sein! Ganz bestimmt machte auch ich in meinem Leben einige Fehler. Allerdings waren es nie die entscheidenden Fehler, die zu diesem miserablen Ergebnis führten! Was die Täterin, in Gesellschaftskreisen auch Mutter genannt, angeht, so meine ich es ganz ernst, wenn ich hier schreibe, dass sie mir natürlich leid tut, wenn es um das Alter geht, in dem sie mich geboren hat! Allerdings möchte ich an dieser Stelle auch ganz unmissverständlich feststellen, dass dieser Umstand sie noch lange nicht dazu berechtigte, mich als ihren Sohn so übel vorzuführen! Auch wenn sie so jung war (15 Jahre), hat sie noch lange kein Recht dazu gehabt, ihre behinderten Kinder derart auszugrenzen, dass diese später in unserer Gesellschaft so gut wie keine Chancen mehr haben!

Da der Autor dieses Buches heilfroh gewesen wäre, wenn er ordentliche Eltern gehabt hätte, bedankt er sich bei all den Eltern, die jahrein, jahraus ihre Schutzbefohlenen mit allem, was sie an sozialen Fähigkeiten besitzen, auf einen so guten Weg bringen, dass sie später in unserer Gesellschaft erfolgreich sein können!

ÜBER DEN AUTOR

Der Autor arbeitet im Selbstverlag und ist in den folgenden Bereichen selbstständig tätig: Esoterik (Kartenlesen und persönliche Namensdeutung, die sich auch sehr gut als persönliches Geschenk zu jedem Anlass für das ganze Jahr eignet!) Zusätzlich bietet der Autor schriftliche Analysen für viele Bereiche an, die sich beispielsweise auf Ihre Fragen hin aus dem Kartenlesen ergeben!

Würzburg, im Juli 2016

Jan Meiss

Zeitfracht Medien GmbH
Ferdinand-Jühlke-Straße 7
99095 Erfurt, Deutschland
produktsicherheit@kolibri360.de